JN055143

蜘蛛ですが、なにか？Ex
くも
Kumo desuga, nanika? Ex

蜘蛛ですが、なにか？ Ex

Kumo desuga, nanika? Ex

著：馬場翁 okina baba
イラスト：輝竜司 tsukasa kiryu

カドカワBOOKS

口絵・本文イラスト
輝竜司

装丁
伸童舎

本文デザイン
林健太郎デザイン事務所

contents

Kumo desuga, nanika?

蜘蛛ですが、なにか？

Kumo desuga,nanika?
Extra

エルロー大迷宮

Great Elroe Labyrinth

Extra

エルロー大迷宮

ダズトルディア大陸とカサナガラ大陸を
地下で繋ぐ世界最大の迷宮

上層地形

洞窟入口

大陸を渡る人間の往来が多いため、道が踏み固められていて比較的歩きやすい。岩壁に囲まれた洞窟フィールドがほとんど。

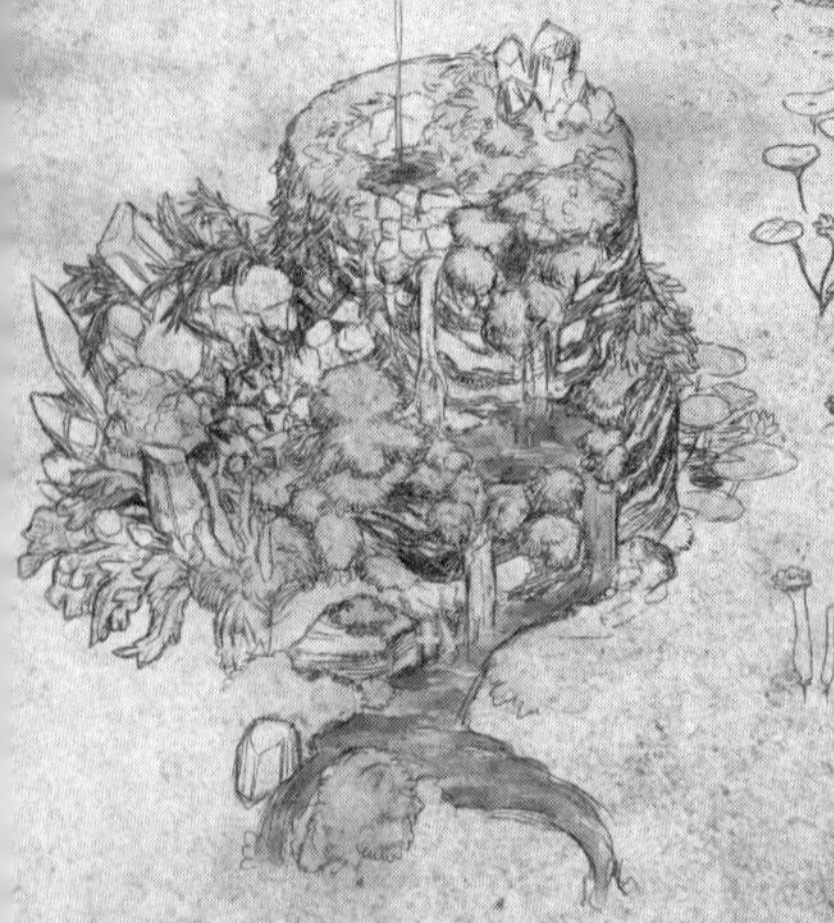

コケ

光源となるのは稀に岩壁に付着しているヒカリゴケや小さな鉱石のみのため、生息する魔物はほとんどがスキル〈暗視〉を取得している。〈暗視〉のない人間は、松明の明かりがないと歩行困難。

毒、麻痺、石化等、状態異常攻撃を得意とする魔物が多いため、スキルを持たない者はせめて薬を持参すること。

毒消し

溶けやすく、全身への浸透が早い。

麻痺消し

ペースト状にして持ち歩く。指で掬って舌の下に入れると喉に詰まらない。

石化消し

紐を引くとすぐ口があくようにしてある。動物の膀胱で作った袋に入れると液漏れしない。

上層魔物

スモールレッサータラテクト

ステータス的にも弱く、愚直に突っ込んでくる戦法しか取らないため討伐は容易。
ただし、稀に巣を作っている個体がおり、その場合の危険度は跳ね上がる。巣に事前準備もなく囚われると危険なため、巣を発見したら最優先で破壊すべし。糸は火に弱く、本体も火に弱い。

エルローフロッグ

不意の毒攻撃に注意。

エルローグレイム

鼠のような魔物。戦闘力は低いものの、繁殖力が高く、大量に湧きやすい。

危険度D

エルローランダネル

体長1メートル半程度の小型の魔物。常に3匹で行動し、巧みな連携能力で敵を翻弄する。討伐に時間をかけると毒牙と毒爪で毒状態に追い込まれるため注意。

フィンジゴアット

蜂のような魔物。エルロー大迷宮に生息する個体は、独自に〈暗視〉のスキルを持つ。

エルローペカトット

ペンギンとペリカンを合わせたような魔物。狭い洞窟内を縦横無尽に高速で跳ね回り、三次元的に襲い掛かってくる。パーティーで背を守り合って討伐すべし。

エルローバジリスク

体長1メートルほど。バジリスク固有スキルである石化の魔眼に注意。微量の毒持ちのうえ、簡単な土魔法を操ることもある。攻撃力自体はさほど強くないため石化攻撃に注意すれば容易に討伐可能。

エルローバラドラード

人を丸呑みにもできそうなほどの巨大な魔物。龍鱗と呼ばれる龍種に見られるスキルを保持しており、その効果により物理、魔法両方に対して高い防御力を持つ。尾での攻撃で不意を突かれる可能性があるため、先に切り落とせれば勝機が見える。

エルローモワジシス

鋭利な刃物のような角を持つ、鹿に似た姿の魔物。角での物理攻撃に加え、炎攻撃も使う。

危険度B

エルローフェレクト

麻痺持ちの多足生物。ステータスは低いものの速度が異様に速い。単体での危険度はFだが、大量に発生しそのまま群体として生活するため群れで攻撃してくる。麻痺攻撃を喰らってしまえば為す術もなく食い尽くされる。要注意。

※その他、グレータータラテクトを含むタラテクト種、竜種も場所によっては生息。

特例

クイーンタラテクト

エルロー大迷宮の主と言われる災厄級の魔物。通常は下層に生息しているが、産卵期にのみ上層に現れる。スモールレッサータラテクトとの遭遇率が高いときには産卵期の可能性が高いため、早急に迷宮を脱出すべき。クイーンと出遭えば生還は絶望的。

中層地形

灼熱のマグマが沸く、一面熱気に包まれたフィールド。

熱や火、炎に耐性がある魔物が多く生息し、マグマの中から遠距離攻撃を仕掛けてくる。

フィールドの性質上、草花は育たず、むき出しの岩に囲まれている。

マグマのおかげで明るく視界は良いが、耐性のない者は熱でジリジリとHPが削られていってしまうため長居は禁物。

場合によっては衣類も燃えるため、万全の対策で挑むこと。

遠距離攻撃に対抗するため、遠距離攻撃魔法のスキルか、弓などの攻撃手段が必要。もしくは魔物のMP切れまで耐えしのぎ、陸に上がってくるのを待つ方法もあるが、四方のマグマから新たな魔物に不意打ちされる危険があるため、そもそも戦いを長引かせるべきではないと考えると、得策とは言えない。

中層魔物

エルローデベギアード

四本足の丸い球体のような姿の魔物。ステータスも低めだが、体当たりしか攻撃手段がないためものすごく弱い。ただし、危険を察知するとすぐマグマの中に逃げる。

エルローゲアフロッグ

上層に生息するエルローフロッグが中層の環境に適応するように進化した姿。そのためステータスもスキルもそこまで劇的に強くなっていない。

エルローヒエクー

赤い犬のような魔物。鋭い嗅覚で獲物を見つけ出し、追いかけ回す。マグマの中に入っている姿は目撃されていないため、遊泳スキルは所持していないものとされる。全身に炎を纏い攻撃をしてくる。

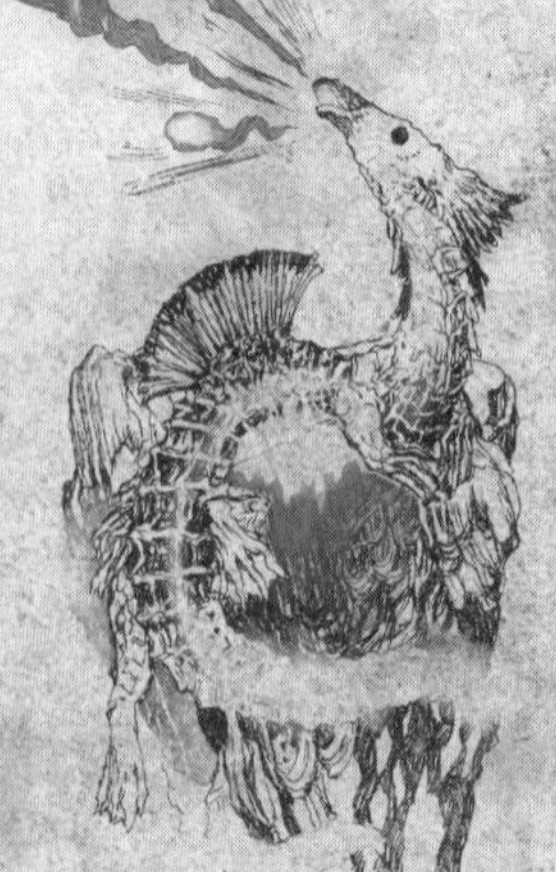

エルローゲネラッシュ

下位の竜種。マグマからの火球攻撃に注意。

MPが尽きれば陸に上がってくるが、その際動きが非常に緩慢なため、MP切れを狙うほうが討伐はしやすい。

エルローゲネセブン

エルローゲネラッシュの進化形。臆病なため、勝機がないとわかると逃げていく可能性もある。

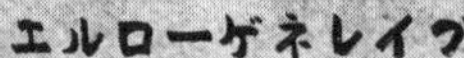

エルローゲネレイブ

中位の竜種。エルローゲネセブンの進化形。非常に硬い鱗で全身覆われている。討伐はかなり難しい。

エルローゲネソーカ

上位の火竜。エルローゲネレイブの進化形。純粋なステータスに優れている上、魔法物理両方に高い防御力を持つ〈逆鱗〉のスキルとマグマに守られている。その上、称号〈率いるもの〉を持ち、配下を呼んで集団戦で相手を殲滅する極めて厄介な魔物。率いる群れなども考慮に入れての危険度設定。遭遇したら囲まれる前に逃げるべし。

その他

火龍

竜の上位種である龍種ももちろん中層には存在する。が、実際に遭遇したと語る冒険者はおらず、おそらく遭遇したと同時、死亡しているのだろう。

龍種は〈龍鱗〉という、防御力大幅上昇、魔法攻撃の阻害の効力があるスキルを持つため、普通の人族には倒すことが難しいと考えられる。

冒険者パーティーでも太刀打ちできるかわからないレベルのため、龍種の討伐には通常軍隊規模の兵力が投入される。

龍種には遭わないことを祈るしかない。

下層地形

強力な魔物が跋扈する弱肉強食フィールド。ステータスに見合った大型の魔物が多く、それらが動き回っても余りあるほどの広大な空間が広がっている。

上層と同じく光源が少ないため暗闇ではあるが、閉塞感は少ない。人間はよほどのことが無い限り足を踏み入れない未踏の地。

暗視、隠密、無音、無臭、その他感覚強化系のスキルは必須。
探検に必要な物はスキルで補い、荷物は食料のみに絞ったほうがよいだろう。
軽量で長持ちする食料が迷宮入り口オウツ国内で販売しているはずなので、入手しておくこと。

下層魔物

危険度F

エルローゲーレイシュー

のっそりとした動きが特徴的な虫。非常に弱く、倒すのは容易。ただし、うっかりその攻撃を食らってしまったり、うっかり食べてしまおうものなら、強力な腐蝕属性のダメージを受けることになる。そのため下層の魔物はよっぽど危機的状況にならない限り、この魔物を食べようとはしない。どれだけ空腹でも口に入れるべからず。

危険度E

エルローフホコロ

ネズミのような頭部にダンゴムシのような体をした魔物。多足生物のところを見ると昆虫のようにも思える。背が硬く、丸まるとかなりの防御力を発揮する。攻撃には毒あり。

危険度D

ハイフィンジゴアット

フィンジゴアットの上位種。隊列を組んで群れで行動する。
さらに上位種のジェネラル、クイーンも下層に生息している。広範囲魔法攻撃をもたない場合は、見つからないように逃げるべし。

アノグラッチ

〈復讐〉という特異なスキルを持つ。このスキルにより、仲間を害した存在に対して執拗に攻撃を繰り返すことから、復讐猿とも呼ばれる。繁殖期が存在し、数が増えた時の被害は甚大なものになる。単体での危険度はDながら、群れの規模によってはSランク相当になるとも言われる危険な魔物。エルロー大迷宮に生息する個体は独自に暗視を持つ。手を出さずに逃げるべし。

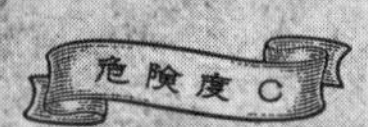

バグラグラッチ

巨大な顎のような口を持つアノグラッチの進化形。なのだが、何故か進化することによって〈復讐〉のスキルが消失し、〈怒〉のスキルもなくなる。スキルがなくなるという進化をする変わった種。〈復讐〉がなくなったことによって、倒しても仲間が大挙して襲って来ることはなくなった。時たまアノグラッチの大群にまじることもあるが、お互い連携はしない。個体の危険度はBに近いC。進化前のほうがよっぽど危険と言われる珍しい種。種の保存の為スキルがなくなったのではないかと言われているが、真偽は不明。

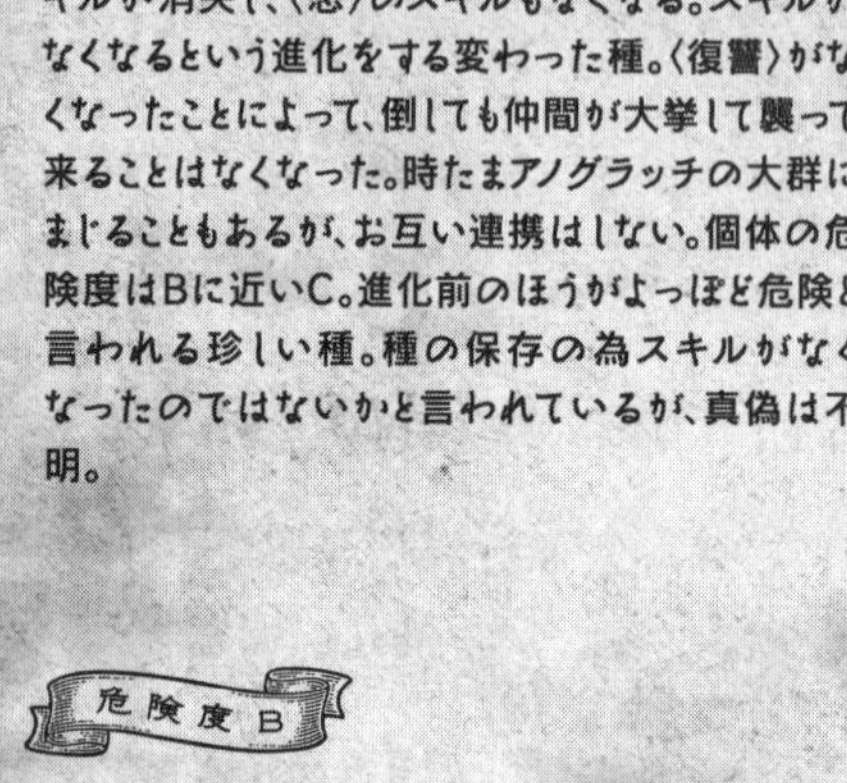

危険度B

エルローグレシガード

体長5メートルほどで6本の鎌を持つカマキリのような魔物。特殊なスキルをほぼ持たず、その体躯のみで戦う生粋の戦闘種。単純ではあるが、それゆえに強い。

エルローダズナッチ

魚に手足を生やしさらに奇妙な形に変形させたような魔物。毒の攻撃が主体だが、見た目同様、何をしてくるのか予想がつかないため、ペースを乱されやすい。

その他

地龍各種、グレータータラテクトなどのタラテクト上位種、巨大な蛇のエルローバラギッシュなど。

下層に足を踏み入れ帰還した人間は非常に少なく、生息する魔物もこれらは実際のほんの一部であると考えられる。

噂では地龍は他の龍種や魔物に比べ分別と知性が高いという話も聞くが、眉唾ものである。もし本当であるなら、遭遇しても見逃してくれるかもしれない。

おまけ

エルロー大迷宮　生息魔物
追記（８４３年）

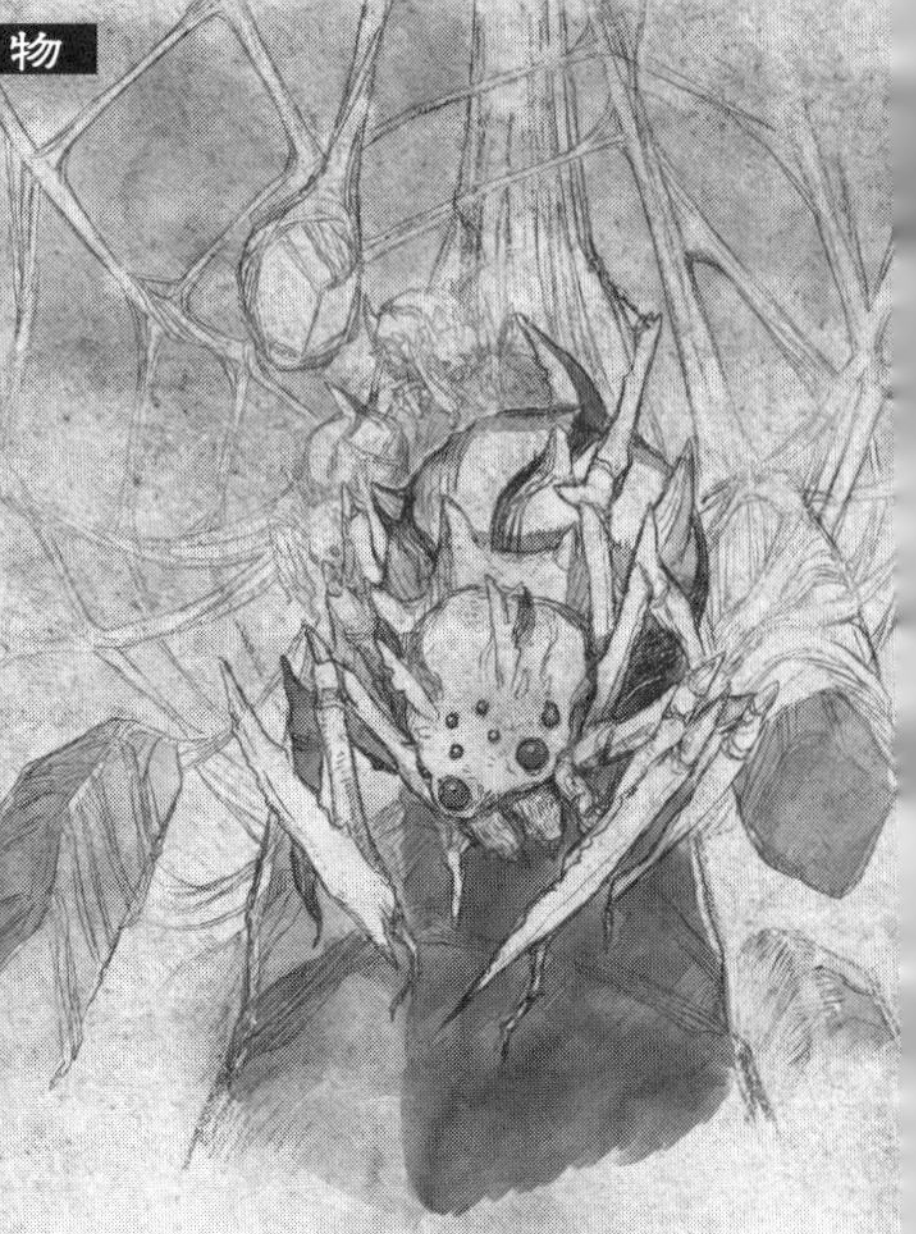

842年、突如エルロー大迷宮から地上に姿を現した『迷宮の悪夢』。オウツ国の砦を一撃の魔法で破壊し尽くしたその魔物が残したとされるタラテクトの変異種が、エルロー大迷宮内で目撃されるようになった。

大きさ自体はスモールタラテクト同様の小型だが、その強さは上位竜すら超え、龍にも届くと言われている。

姿が『迷宮の悪夢』と似通っていることや出現開始時期から鑑みて、『迷宮の悪夢』となんらかの関わりがある魔物と予想される。

我々はその魔物に『悪夢の残滓』と名付けた。

人語を解し、こちらから手を出さなければ襲ってこない。明らかに知能を持った魔物である。

上層でも『悪夢の残滓』の目撃報告は多数挙げられているが、強さから見て、下層にも生息しているのではないかと思われる。

エルロー大迷宮　最下層

エルロー大迷宮は上層、中層、下層、最下層の四階層に分かれていると言われているが、未だ最下層に到達した者はおらず、どのような地形になっているか情報がひとつもない。探検家の憶測によると、クイーンタラテクトや上位レベルの地龍が生息しているのではないかとのこと。

現代で最下層に到達できる可能性がある人物といえば、レングザンド帝国の筆頭宮廷魔導士、ロナント・オロゾイ氏であろう。

オロゾイ氏は空間魔法を習得しており、長距離での空間転移も可能とされている。かつてエルロー大迷宮を一人で何週間も探索を続けたという逸話も残っているほどの人物。高齢ではあるが、オロゾイ氏であれば迷宮最下層に足を踏み入れることも夢ではないかもしれない。

この世界で蜘蛛として生きてやる！

［私］

ゲーマー的知略と尋常ではない
前向きさでダンジョンを生き抜いていく。

Watashi

女子高生だったはずが、蜘蛛に転生してしまっていた不運な子。スタート時点から難易度ルナティック級のサバイバル環境に放り込まれたものの、持ち前のポジティブさと諦めの悪さで死線を越えていく。

▶Personal Data

好きな食べ物:前世 カップ麺＋卵のせ
好きな食べ物:今世 ナマズ

趣味:前世 ゲーム　趣味:今世 人型になってからは服作り

固有スキル 韋駄天

速くなる。ユニークスキルではなく、速度のステータス成長スキルの最上位。それでもほかの転生者のユニークスキルに比べると劣るが、元の生物を考えるとかなりおまけしてつけてくれたスキルだったりする。

表情設定集

「私」（愛称は蜘蛛子）のイラストのラフ画を掲載。とても表情豊かで、転生前の女子高校生の面影を連想させる。

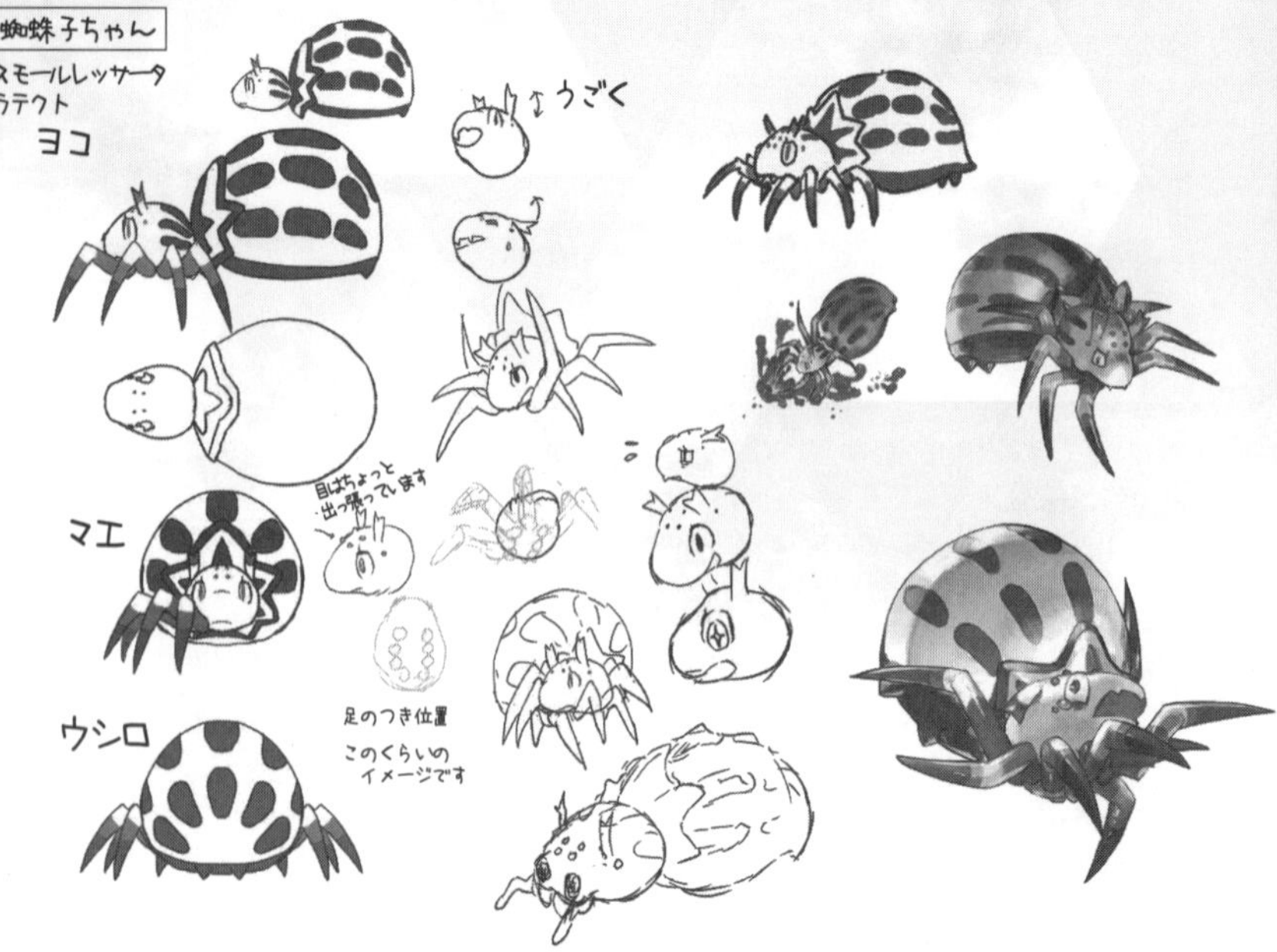

喜
やる気 強気
← 耳前向き
気味
いただきまーす
計画通り
カエル
まずい
哀
蜘蛛子ちゃんの
耳メモ
① 気合い入ってる
気を張っている ⇒
まっすぐ。
クネクネしない
② ちょっと気がゆるんでいる
ホッとしている
⇒ 少し
カーブ
③ ヘコたれている。
怖い
⇒ タレる
相手の勢い
になびく
イキオイ
このような
イメージで
おります。
立ち向かい感
弱気
うがーっ!!
ないわー
うじうじするの
終了
見上げ
ーないわー
思いがけないこと、
怖いことなど。
ヘコたれていると
脱力してタレたり
勢いになびく
イメージです

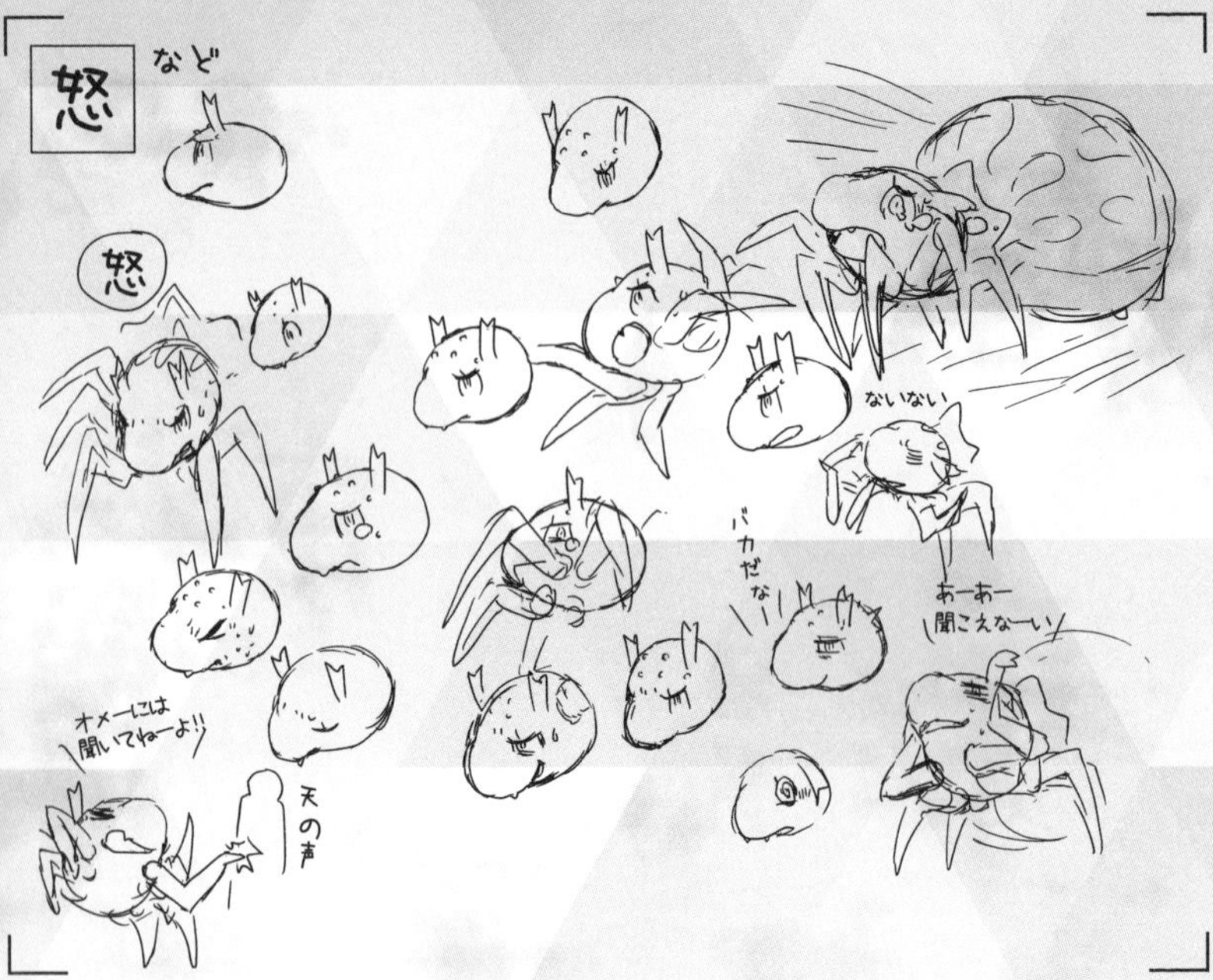

スモールレッサータラテクト　LV1

Small Lesser Taratect LV1

名前　なし

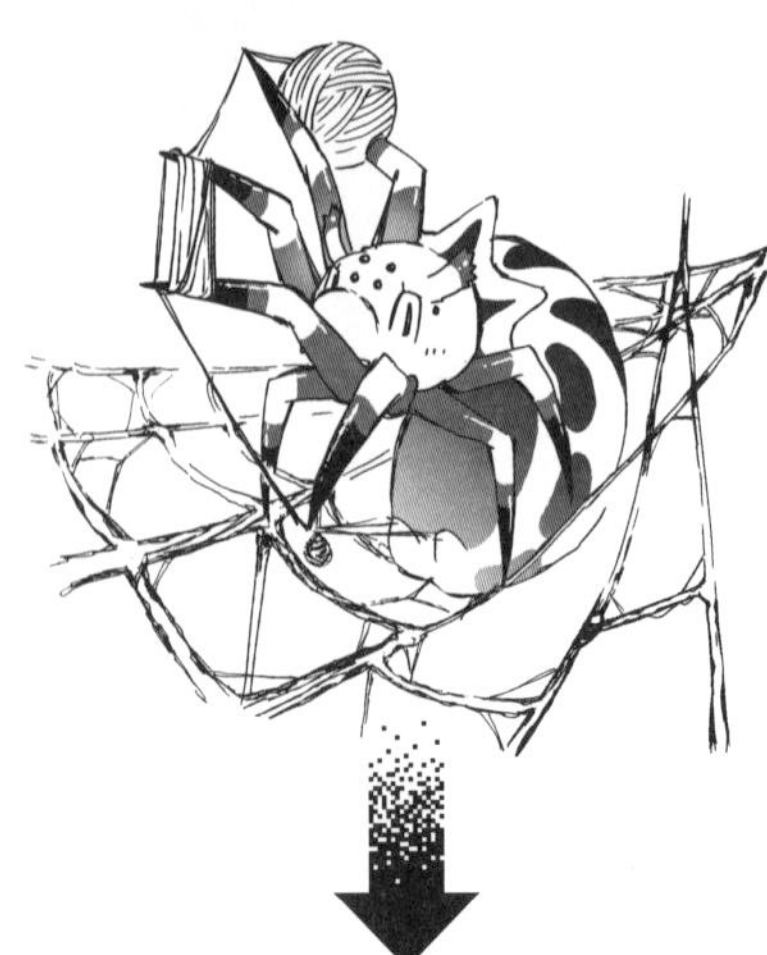

{Status}

HP:26/26(緑)　MP:26/26(青)
SP:26/26(黄):26/26(赤)
平均攻撃能力:8　平均防御能力:8
平均魔法能力:8　平均抵抗能力:8
平均速度能力:108

{Skill}

「鑑定LV2」「毒牙LV2」「蜘蛛糸LV3」「暗視LV9」「禁忌LV1」「外道魔法LV1」「毒耐性LV2」「酸耐性LV2」「韋駄天LV1」「n%I=W」

スキルポイント:0

称号:「血縁喰ライ」

弱い。討伐危険度は最低のF。ステータス的にも弱い上に、愚直に突っ込んでくることしかしないので、討伐は容易。ただし、稀に巣を作っている個体がおり、その場合の危険度は跳ね上がる。巣を発見し次第、最優先で破壊するべきとされている。糸は火に弱く、本体も火に弱い。

スモールタラテクト　LV1

Small Taratect LV1

名前　なし

「レッサー」が取れたのに、ステータス説明はまだ「弱い」のまま。しかし、このときにはすでに速度特化のスピードスターに！

スモールポイズンタラテクト　LV1

Small Poison Taratect LV1

名前　なし

毒を操る者は戦いを制す！　スキルも「毒攻撃LV9」「毒魔法LV2」「毒合成LV3」と、毒々しい！

ゾア・エレ LV1

Zoa Ere LV1

名前　なし

{Status}

HP:195/195(緑)　MP:291/291(青)
SP:195/195(黄):195/195(赤)+43
平均攻撃能力:251　平均防御能力:251
平均魔法能力:245　平均抵抗能力:280
平均速度能力:1272

{Skill}

「HP自動回復LV6」「MP回復速度LV4」「MP消費緩和LV3」「SP回復速度LV3」「SP消費緩和LV3」「破壊強化LV2」「斬撃強化LV2」「毒強化LV4」「気闘法LV2」「気力付与LV2」「猛毒攻撃LV3」「腐蝕攻撃LV1」「毒合成LV8」「糸の才能LV3」「万能糸LV1」「繰糸LV8」「投擲LV7」「立体機動LV5」「隠密LV7」「無音LV1」「集中LV10」「思考加速LV3」「予見LV3」「並列思考LV5」「演算処理LV7」「命中LV8」「回避LV7」「鑑定LV9」「探知LV6」「外道魔法LV3」「影魔法LV3」「毒魔法LV3」「深淵魔法LV10」「破壊耐性LV2」「打撃耐性LV2」「斬撃耐性LV3」「火耐性LV2」「闇耐性LV2」「猛毒耐性LV2」「麻痺耐性LV4」「石化耐性LV3」「酸耐性LV4」「腐蝕耐性LV3」「気絶耐性LV3」「恐怖耐性LV7」「外道耐性LV3」「苦痛無効」「痛覚軽減LV7」「視覚強化LV9」「暗視LV10」「視覚領域拡張LV2」「聴覚強化LV8」「嗅覚強化LV7」「味覚強化LV7」「触覚強化LV7」「生命LV9」「魔量LV8」「瞬発LV9」「持久LV9」「剛力LV4」「堅牢LV4」「護法LV4」「韋駄天LV3」「傲慢」「過食LV8」「奈落」「禁忌LV5」「n%I=W」

スキルポイント:500

称号:「悪食」「血縁喰ライ」「暗殺者」「魔物殺し」「毒術師」「糸使い」「無慈悲」「魔物の殺戮者」「傲慢の支配者」

不吉の象徴とも呼ばれる蜘蛛型の魔物。滅多に目撃例のない希少な魔物で、出会ったものは数日以内に死ぬと伝えられている。気づくと背後にいて、腐蝕攻撃による鎌で首を切られるという。ステータス以上の脅威から、危険度Cに認定されている。

エデ・サイネ　LV26

Ede Saine LV26

名前　なし

{Status}

HP:3592/3592(緑)+1700(詳細)　MP:12110/12110(青)+1700(詳細)
SP:2413/2413(黄)(詳細)
　:2413/2413(赤)+1700(詳細)
平均攻撃能力:2392(詳細)　平均防御能力:2363(詳細)　平均魔法能力:11158(詳細)
平均抵抗能力:11004(詳細)　平均速度能力:7440(詳細)

{Skill}

「HP高速回復LV7」「魔導の極み」「SP高速回復LV1」「SP消費大緩和LV1」「破壊強化LV6」「斬撃強化LV8」「状態異常大強化LV1」「魔神法LV2」「魔力付与LV7」「気闘法LV9」「気力付与LV5」「龍力LV7」「猛毒攻撃LV6」「腐蝕攻撃LV4」「外道攻撃LV6」「毒合成LV10」「薬合成LV7」「糸の才能LV8」「万能糸LV6」「操糸LV10」「念動LV1」「投擲LV10」「射出LV2」「空間機動LV8」「隠密LV10」「迷彩LV1」「無音LV8」「暴君LV1」「集中LV10」「思考加速LV9」「予見LV9」「並列意思LV7」「高速演算LV6」「命中LV10」「回避LV10」「確率補正LV7」「風魔法LV4」「土魔法LV10」「大地魔法LV1」「外道魔法LV10」「影魔法LV10」「闇魔法LV10」「暗黒魔法LV2」「毒魔法LV10」「治療魔法LV10」「空間魔法LV10」「次元魔法LV4」「深淵魔法LV10」「破壊耐性LV5」「打撃耐性LV5」「斬撃耐性LV5」「火炎耐性LV2」「風耐性LV2」「土耐性LV8」「重大耐性LV1」「猛毒耐性LV3」「麻痺耐性LV6」「石化耐性LV5」「睡眠無効」「酸耐性LV6」「腐蝕耐性LV7」「気絶耐性LV5」「恐怖耐性LV9」「外道無効」「苦痛無効」「痛覚大軽減LV5」「五感大強化LV1」「知覚領域拡張LV5」「暗視LV10」「千里眼LV8」「呪怨の邪眼LV6」「静止の邪眼LV5」「引斥の邪眼LV1」「死滅の邪眼LV3」「星魔」「天命LV3」「瞬身LV7」「耐久LV7」「剛毅LV2」「城塞LV2」「韋駄天LV7」「魔王LV3」「忍耐」「傲慢」「怒LV2」「飽食LV7」「怠惰」「叡智」「断罪」「奈落」「退廃」「禁忌LV10」「神性領域拡張LV6」「n%I=W」

スキルポイント:0

称号:「悪食」「血縁喰ライ」「暗殺者」「魔物殺し」「毒術師」「糸使い」「無慈悲」「魔物の殺戮者」「傲慢の支配者」「忍耐の支配者」「叡智の支配者」「竜殺し」「恐怖を齎す者」「龍殺し」「怠惰の支配者」「魔物の天災」

死の象徴とも言われる蜘蛛型の魔物。数十年に一度目撃されるかどうかという大変珍しい魔物。出会った瞬間死が訪れるとも言われ、恐れられている。目撃例さえ少ないため、危険度の測定は困難。暫定的に危険度Bとされている。

ザナ・ホロワ　LV1

Zana Horowa LV1

名前　なし

{Status}

HP:4293／4293(緑)＋1800(詳細)　MP:13292／13292(青)＋1800(詳細)
SP:2873／2873(黄)(詳細)
:1445／2873(赤)＋0(詳細)
平均攻撃能力:2833(詳細)　平均防御能力:2904(詳細)　平均魔法能力:12599(詳細)
平均抵抗能力:12545(詳細)　平均速度能力:8361(詳細)

{Skill}

「HP高速回復LV9」「魔導の極み」「魔神法LV3」「魔力付与LV8」「魔力撃LV1」「SP高速回復LV2」「SP消費大緩和LV2」「破壊強化LV7」「斬撃強化LV9」「状態異常大強化LV2」「闘神法LV1」「気力付与LV6」「龍力LV8」「猛毒攻撃LV7」「腐蝕攻撃LV5」「外道攻撃LV6」「毒合成LV10」「薬合成LV8」「糸の天才LV1」「万能糸LV7」「操糸LV10」「念動LV3」「投擲LV10」「射出LV4」「空間機動LV9」「集中LV10」「思考超加速LV1」「未来視LV1」「並列意思LV8」「高速演算LV7」「命中LV10」「回避LV10」「確率補正LV9」「隠密LV10」「迷彩LV3」「無音LV9」「暴君LV2」「断罪」「奈落」「退廃」「不死」「外道魔法LV10」「風魔法LV7」「土魔法LV10」「大地魔法LV3」「影魔法LV10」「闇魔法LV10」「暗黒魔法LV5」「毒魔法LV10」「治療魔法LV10」「空間魔法LV10」「次元魔法LV5」「深淵魔法LV10」「忍耐」「傲慢」「怒LV4」「飽食LV8」「怠惰」「叡智」「破壊耐性LV6」「打撃耐性LV7」「斬撃耐性LV7」「貫通耐性LV2」「火炎耐性LV3」「風耐性LV4」「土耐性LV9」「重大耐性LV2」「状態異常無効」「酸耐性LV7」「腐蝕耐性LV8」「気絶耐性LV6」「恐怖大耐性LV1」「外道無効」「苦痛無効」「痛覚大軽減LV5」「暗視LV10」「千里眼LV8」「呪怨の邪眼LV7」「静止の邪眼LV6」「引斥の邪眼LV3」「死滅の邪眼LV5」「五感大強化LV2」「知覚領域拡張LV6」「神性領域拡張LV7」「星魔」「天命LV3」「瞬身LV8」「耐久LV8」「剛毅LV3」「城塞LV3」「韋駄天LV7」「魔王LV5」「禁忌LV10」「n％I＝W」

スキルポイント:3600

称号:「悪食」「血縁喰ライ」「暗殺者」「魔物殺し」「毒術師」「糸使い」「無慈悲」「魔物の殺戮者」「傲慢の支配者」「忍耐の支配者」「叡智の支配者」「竜殺し」「恐怖を齎す者」「龍殺し」「怠惰の支配者」「魔物の天災」「覇者」

史上発見例のない魔物。それゆえにデータがなく、その全ては謎に包まれている。エデ・サイネの進化した姿だと言われているが、それすらも憶測でしかない。この種の魔物へと到達したのは「迷宮の悪夢」と呼ばれる個体だけであり、同個体は推定で神話級の危険度とされている。

アラクネ　LV1

Arachne LV 1

名前　なし

{Status}

HP：5331／38111（緑）＋0（詳細）　MP：5681／44024（青）＋0（詳細）
SP：33557／33557（黄）（詳細）
　：924／33557（赤）＋0（詳細）
平均攻撃能力：35799（詳細）　平均防御能力：35682（詳細）　平均魔法能力：42170（詳細）
平均抵抗能力：42068（詳細）　平均速度能力：41063（詳細）

{Skill}

「HP超速回復LV8」「魔導の極み」「魔神法LV8」「魔力付与LV10」「魔法付与LV3」「大魔力撃LV3」「SP高速回復LV10」「SP消費大緩和LV10」「破壊大強化LV7」「打撃大強化LV8」「斬撃大強化LV6」「貫通大強化LV7」「衝撃大強化LV7」「状態異常大強化LV10」「闘神法LV10」「気力付与LV10」「技能付与LV7」「大気力撃LV5」「神龍力LV8」「龍結界LV6」「猛毒攻撃LV10」「強麻痺攻撃LV10」「腐蝕攻撃LV7」「外道攻撃LV9」「毒合成LV10」「薬合成LV10」「盾の才能LV3」「糸の天才LV10」「鉄壁LV7」「神織糸」「操糸LV10」「念力LV9」「投擲LV10」「射出LV10」「空間機動LV10」「眷属支配LV10」「産卵LV10」「集中LV10」「思考超加速LV6」「未来視LV6」「並列意思LV10」「高速演算LV10」「命中LV10」「回避LV10」「確率大補正LV10」「隠密LV10」「隠蔽LV2」「無音LV10」「無臭LV8」「帝王」「献上」「断罪」「奈落」「退廃」「不死」「外道魔法LV10」「風魔法LV10」「暴風魔法LV8」「土魔法LV10」「大地魔法LV10」「地裂魔法LV1」「光魔法LV8」「聖光魔法LV3」「影魔法LV10」「闇魔法LV10」「暗黒魔法LV10」「毒魔法LV10」「治療魔法LV10」「奇跡魔法LV10」「空間魔法LV10」「次元魔法LV9」「深淵魔法LV10」「勇者LV2」「大魔王LV1」「救恤」「忍耐」「傲慢」「激怒LV3」「奪取LV4」「飽食LV10」「怠惰」「叡智」「破壊大耐性LV6」「打撃無効」「斬撃大耐性LV6」「貫通大耐性LV6」「衝撃大耐性LV6」「火炎耐性LV9」「水流耐性LV3」「暴風耐性LV8」「大地耐性LV9」「雷光耐性LV3」「聖光耐性LV6」「暗黒耐性LV9」「重大耐性LV8」「状態異常無効」「酸大耐性LV8」「腐蝕大耐性LV6」「気絶大耐性LV1」「恐怖大耐性LV4」「外道無効」「苦痛無効」「痛覚無効」「暗視LV10」「万里眼LV4」「呪怨の邪眼LV9」「静止の邪眼LV8」「封印の邪眼LV3」「乱魔の邪眼LV2」「引斥の邪眼LV7」「歪曲の邪眼LV4」「死滅の邪眼LV6」「五感大強化LV10」「知覚領域拡張LV8」「神性領域拡張LV9」「星魔」「天命LV10」「天動LV10」「富天LV10」「剛毅LV10」「城塞LV10」「韋駄天LV10」「禁忌LV10」「n%I=W」

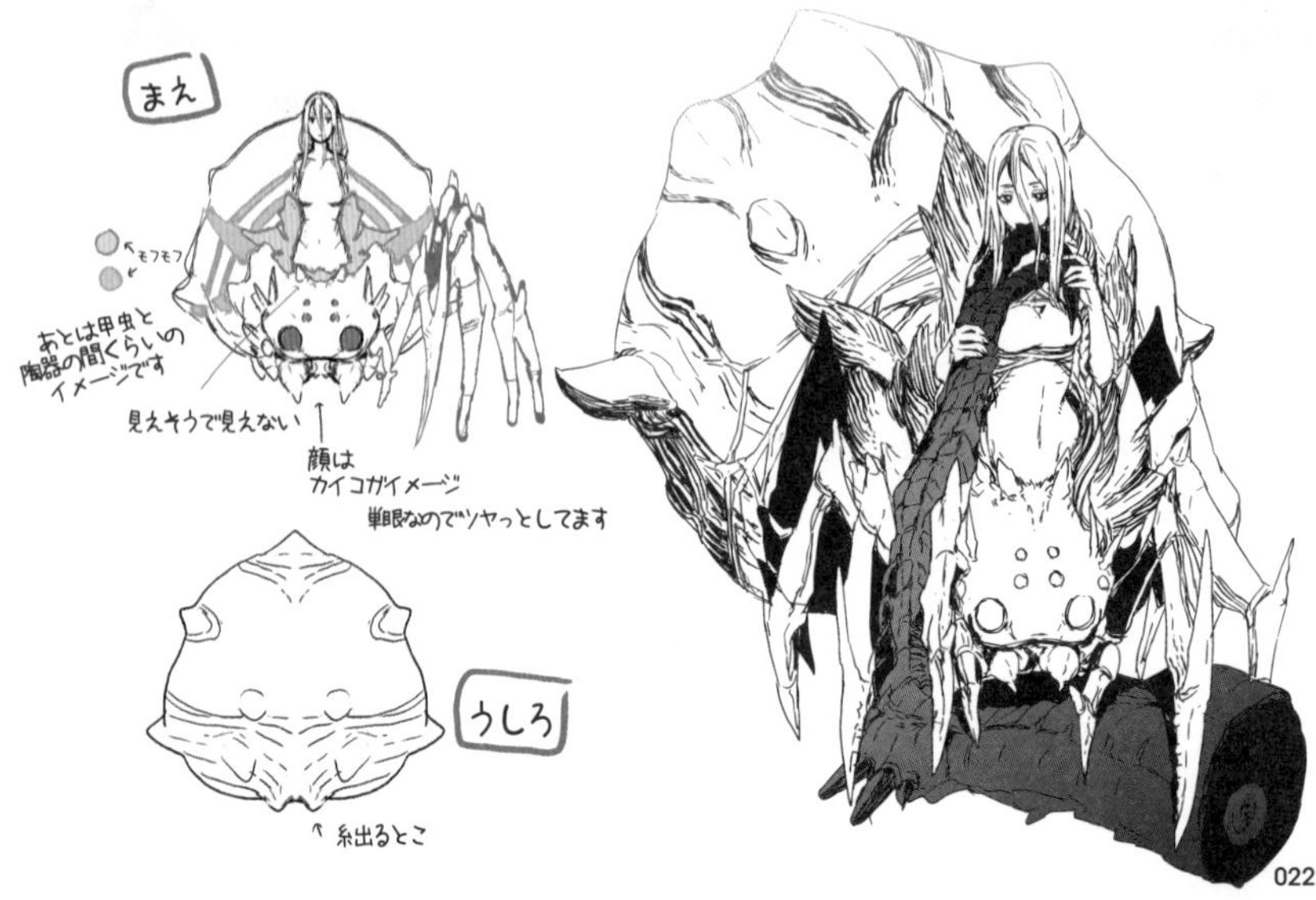

スキルポイント:165700

称号:「悪食」「血縁喰ライ」「暗殺者」「魔物殺し」「毒術師」「糸使い」「無慈悲」「魔物の殺戮者」「傲慢の支配者」「忍耐の支配者」「叡智の支配者」「竜殺し」「恐怖を齎す者」「龍殺し」「怠惰の支配者」「魔物の天災」「覇者」「人族殺し」「人族の殺戮者」「救う者」「薬術師」「聖者」「救世主」「救恤の支配者」「守護者」「人族の天災」

史上発見例のない魔物。それゆえにデータがなく、その全ては謎に包まれている。蜘蛛の下半身に人の上半身が生えた半人半蜘蛛の姿をしているとされる。人の部分は非常に美しい少女の姿をしているとされるが、あくまでも噂であり真偽は不明。目撃者の数も少ないため、本当にこの魔物が存在していたのかすら怪しい。目撃証言のある時期は「迷宮の悪夢」や「悪夢の残滓」が確認された時期と重なるため、それらと見間違えたのではないかとも言われている。実在そのものを疑われているため、危険度の推定は不能。

エルローフロッグ

Elroe Frog

エルロー大迷宮に生息するカエル型の魔物。最下層を除くエルロー大迷宮全域に生息しており、中層では火属性に変異進化した種が見受けられる。進化すると巨大化していく。しかし、元が弱いために進化できる個体は稀。

{Status}

HP 65/65

MP 45/45

SP 55/55

55/55

平均攻撃能力:35　平均防御能力:35　平均魔法能力:28

平均抵抗能力:28　平均速度能力:30

{Skill}　「毒合成LV1」「酸攻撃LV1」「射出LV1」「暗視LV6」「毒耐性LV1」「酸耐性LV1」

フィンジゴアット

Finjicote

カサナガラ大陸に生息する蜂型の魔物。もとはエルロー大迷宮には生息していなかったのだが、どこからか入り込み繁殖した。クイーンを頂点として一つの群れを築いている。残念ながらはちみつは採れない。

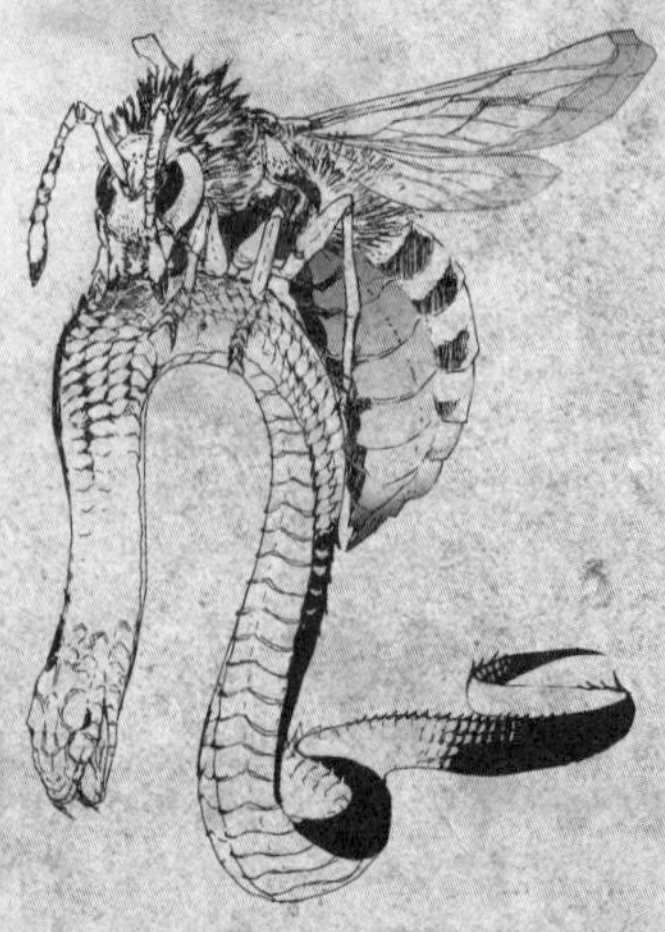

{Status}

HP 125/125

MP 55/55

SP 113/113

108/108

平均攻撃能力:60　平均防御能力:38

平均魔法能力:28

平均抵抗能力:31　平均速度能力:68

{Skill}　「毒針LV1」「飛翔LV3」「毒耐性LV1」

エルローゲネラッシュ

Elroe Gunerush

エルロー大迷宮に生息するタツノオトシゴ型の魔物。こう見えて下位の火竜種。エルロー大迷宮の中層にのみ生息する固有種。マグマの中から火球を飛ばしてくる戦法をとるため、ステータスに比して倒すのが困難。

{Status}

HP 132/132

MP 106/106

SP 128/128
128/128

平均攻撃能力:70　平均防御能力:70　平均魔法能力:68
平均抵抗能力:67　平均速度能力:73

{Skill}　「火竜LV1」「命中LV1」「遊泳LV1」「炎熱無効」

エルローゲネセブン

Elroe Guneseven

エルロー大迷宮に生息するナマズ型の魔物。こう見えて下位の火竜種。エルロー大迷宮の中層にのみ生息する固有種。普段はマグマの中でじっとしているが、地上に獲物を見つけるとその大口で飛び掛かり、丸呑みにしてしまう。

{Status}

HP 390/390

MP 150/150

SP 148/148
395/395

平均攻撃能力:296　平均防御能力:256　平均魔法能力:91
平均抵抗能力:88　平均速度能力:89

{Skill}　「火竜LV1」「龍鱗LV1」「命中LV6」「遊泳LV5」「過食LV1」「炎熱無効」

エルローゲネレイブ

Elroe Gunerave

エルロー大迷宮に生息する鰻型の魔物。こう見えて中位の火竜種。エルロー大迷宮の中層にのみ生息する固有種。過食系のスキルを持つのは餌の少ない環境でも無駄なくエネルギーを保存できるように独自進化したため。

{Status}

HP 980/980

MP 490/490

SP 880/880
950/950

平均攻撃能力:881　平均防御能力:809　平均魔法能力:444
平均抵抗能力:421　平均速度能力:573

{Skill}　「火竜LV4」「龍鱗LV5」「火強化LV1」「命中LV10」「回避LV1」「確率補正LV1」「高速遊泳LV2」「過食LV5」「炎熱無効」「生命LV3」「瞬発LV1」「持久LV3」「強力LV1」「堅固LV1」

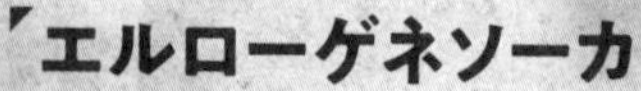

エルローゲネソーカ

Elroe Gunesohka

エルロー大迷宮に生息する竜の魔物。上位の火竜種。地球の東洋の龍を彷彿とさせる長い体躯を持つ。エルロー大迷宮中層の竜種を率いる存在。実は外敵が存在しなかったために実戦経験が少なく、上位の竜としてはかなり弱かった。

{Status}

HP 1985/1985

MP 1522/1522

SP 1781/1781
1964/1964

平均攻撃能力:1616　平均防御能力:1501
平均魔法能力:1199　平均抵抗能力:1196　平均速度能力:1310

{Skill}　「火竜LV8」「逆鱗LV1」「SP回復速度LV1」「SP消費緩和LV1」「火炎攻撃LV2」「火炎強化LV1」「連携LV1」「統率LV3」「命中LV10」「回避LV10」「確率補正LV4」「気配感知LV1」「危険感知LV3」「高速遊泳LV4」「打撃耐性LV2」「炎熱無効」「生命LV8」「瞬発LV4」「持久LV5」「強力LV8」「堅固LV8」「術師LV1」「護法LV1」「疾走LV2」「過食LV5」

地龍ゲエレ Earth Dragon Gehre

エルロー大迷宮に生息する龍。速度に優れる。素早い動きで敵に接近し、前足についた刃で切り裂く攻撃を得意とする。地龍の特徴である防御力の高さも兼ね備えている。反面魔法攻撃はからっきし。地龍カグナの番。

{Status}

HP 3556／3556

MP 2991／2991

SP 4067／4067
3562／3845

平均攻撃能力:3433
平均防御能力:3874
平均魔法能力:1343
平均抵抗能力:3396
平均速度能力:4122

{Skill}「地龍LV2」「逆鱗LV6」「堅甲殻LV2」「鋼体LV2」「HP高速回復LV3」「MP回復速度LV1」「MP消費緩和LV1」「魔力感知LV3」「魔力操作LV3」「SP高速回復LV3」「SP消費大緩和LV3」「大地強化LV8」「破壊強化LV9」「斬撃大強化LV8」「貫通大強化LV4」「打撃大強化LV8」「魔力撃LV1」「大地攻撃LV8」「空間機動LV5」「命中LV10」「回避LV10」「確率補正LV7」「危険感知LV10」「気配感知LV8」「熱感知LV7」「動体感知LV8」「土魔法LV2」「破壊耐性LV4」「斬撃耐性LV8」「貫通耐性LV8」「打撃耐性LV9」「衝撃耐性LV5」「大地無効」「雷耐性LV3」「状態異常大耐性LV3」「腐蝕耐性LV1」「苦痛無効」「痛覚軽減LV7」「視覚強化LV7」「暗視LV10」「視覚領域拡張LV5」「聴覚強化LV5」「嗅覚強化LV4」「触覚強化LV3」「身命LV9」「魔蔵LV1」「天動LV2」「富天LV1」「剛力LV8」「堅牢LV9」「道士LV1」「護符LV8」「韋駄天LV3」

地龍カグナ Earth Dragon Kagna

エルロー大迷宮に生息する龍。防御に優れる。地龍の特徴は高い防御力にあるが、その中でも特に防御力に重点を置いた個体。歩く要塞とも言える存在で、生半可な攻撃では傷一つ付けられない。地龍ゲエレの番。

{Status}

HP 4198/4198

MP 3339/3654

SP 2798/2798
2995/3112

平均攻撃能力:3989
平均防御能力:4333
平均魔法能力:1837
平均抵抗能力:4005
平均速度能力:1225

{Skill}「地龍LV2」「逆鱗LV9」「堅甲殻LV8」「鋼体LV8」「HP高速回復LV6」「MP回復速度LV2」「MP消費緩和LV2」「魔力感知LV3」「魔力操作LV3」「SP回復速度LV1」「SP消費緩和LV1」「大地強化LV8」「破壊強化LV8」「貫通強化LV6」「打撃大強化LV5」「魔力撃LV1」「大地攻撃LV9」「命中LV3」「危険感知LV10」「熱感知LV6」「土魔法LV2」「破壊耐性LV9」「斬撃大耐性LV2」「貫通大耐性LV3」「打撃大耐性LV6」「衝撃大耐性LV4」「大地無効」「火耐性LV3」「雷耐性LV7」「水耐性LV3」「風耐性LV5」「重耐性LV2」「状態異常大耐性LV8」「腐蝕耐性LV3」「苦痛無効」「痛覚大軽減LV3」「視覚強化LV3」「暗視LV10」「視覚領域拡張LV4」「聴覚強化LV1」「天命LV2」「魔蔵LV3」「瞬身LV1」「耐久LV1」「剛力LV9」「城塞LV2」「道士LV2」「天守LV1」「縮地LV1」

地龍アラバ

Earth Dragon Araba

エルロー大迷宮に生息する龍。全ての能力が高い万能型。欠点らしい欠点がないため、真正面から立ち向かうには純粋に能力で上回らなければ勝ち目がない。エルロー大迷宮下層にて最下層へと至る道を守護する門番。

{Status}

HP 4663/4663
MP 4076/4076
SP 4570/4570
4569/4569

平均攻撃能力:4610
平均防御能力:4597
平均魔法能力:4022
平均抵抗能力:4138
平均速度能力:4555

{Skill}

「地龍LV3」「天鱗LV2」「重甲殻LV1」「神鋼体LV1」「HP高速回復LV8」「MP高速回復LV5」「MP消費大緩和LV5」「魔力感知LV10」「精密魔力操作LV1」「SP高速回復LV7」「SP消費大緩和LV7」「魔闘法LV9」「大魔力撃LV1」「闘神法LV3」「大気力撃LV3」「大地攻撃LV10」「大地強化LV10」「破壊大強化LV3」「斬撃大強化LV10」「貫通大強化LV8」「打撃大強化LV10」「空間機動LV8」「隠密LV10」「迷彩LV3」「命中LV10」「回避LV10」「確率大補正LV4」「危険感知LV10」「気配感知LV10」「熱感知LV10」「動体感知LV10」「土魔法LV10」「大地魔法LV10」「地裂魔法LV2」「影魔法LV10」「闇魔法LV7」「破壊大耐性LV1」「斬撃大耐性LV4」「貫通大耐性LV3」「打撃大耐性LV5」「衝撃大耐性LV1」「大地無効」「火耐性LV6」「雷耐性LV8」「水耐性LV5」「風耐性LV6」「闇耐性LV4」「状態異常大耐性LV7」「腐蝕耐性LV6」「苦痛無効」「痛覚大軽減LV7」「視覚強化LV10」「望遠LV8」「暗視LV10」「視覚領域拡張LV7」「聴覚強化LV10」「聴覚領域拡張LV3」「嗅覚強化LV7」「触覚強化LV7」「天命LV3」「天魔LV1」「天動LV3」「富天LV3」「剛毅LV3」「城塞LV3」「天道LV1」「天守LV2」「韋駄天LV3」

クイーンタラテクト

Queen Taratect

エルロー大迷宮他、世界に五体存在する蜘蛛型の魔物。蜘蛛型の魔物の頂点に君臨する女王で、その力は上位の龍種すら超える。圧倒的な力で大概の敵を粉砕できるせいで知られていないが、知能も高く狡猾。

{Status}

HP 8971/8971

MP 8012/8012

SP 8455/8455

8467/8467

平均攻撃能力:8846　平均防御能力:8839
平均魔法能力:7992
平均抵抗能力:7991　平均速度能力:8810

{Skill}

「HP高速回復LV9」「MP高速回復LV1」「MP消費大緩和LV1」「魔闘法LV8」「魔力付与LV1」「魔力撃LV5」「SP高速回復LV8」「SP消費大緩和LV8」「破壊大強化LV4」「打撃大強化LV4」「斬撃大強化LV3」「貫通大強化LV5」「衝撃大強化LV5」「状態異常大強化LV10」「闘神法LV5」「気力付与LV5」「大気力撃LV1」「龍力LV1」「龍結界LV1」「猛毒攻撃LV10」「強麻痺攻撃LV10」「外道攻撃LV3」「毒合成LV10」「薬合成LV10」「糸の天才LV10」「神織糸」「操糸LV10」「念力LV1」「投擲LV10」「射出LV10」「空間機動LV10」「眷属支配LV10」「産卵LV10」「集中LV10」「思考加速LV3」「未来視LV1」「並列意思LV3」「高速演算LV10」「命中LV10」「回避LV10」「確率大補正LV10」「隠密LV10」「迷彩LV7」「無音LV5」「帝王」「外道魔法LV10」「影魔法LV10」「闇魔法LV8」「毒魔法LV10」「治療魔法LV4」「魔王LV1」「飽食LV10」「破壊大耐性LV1」「打撃大耐性LV9」「斬撃大耐性LV1」「貫通大耐性LV1」「衝撃大耐性LV1」「火耐性LV8」「水耐性LV5」「風耐性LV5」「土耐性LV6」「雷耐性LV5」「光耐性LV7」「暗黒耐性LV1」「重耐性LV7」「状態異常無効」「酸大耐性LV1」「腐蝕耐性LV2」「気絶耐性LV2」「恐怖耐性LV3」「外道耐性LV3」「苦痛無効」「痛覚無効」「暗視LV10」「千里眼LV6」「五感大強化LV10」「知覚領域拡張LV5」「天命LV10」「天魔LV10」「天動LV10」「富天LV10」「剛毅LV10」「城塞LV10」「天道LV10」「天守LV10」「韋駄天LV10」「禁忌LV10」

「私」にとっての
エルロー大迷宮でのでの
印象的な出会い

その1
人間を助けたら貰った
甘味

「私」にとっての
エルロー大迷宮での
印象的な出会い

その2
どこまでもついてくる
変態爺

吾輩は蛙である

吾輩はエルローフロッグという蛙の魔物である。

名前などない。

名前のある魔物はネームドモンスターと呼ばれ、恐れられる存在であるからして。

吾輩もいつかはそのような大物になるやも知れぬが、今はただの名無しの蛙である。

エルローフロッグという魔物は、ここエルロー大迷宮に生息する固有種である。

つまり希少なのである。

それだけで吾輩の価値がわかろうというもの。

すまぬ、調子に乗り申した。

しかし、嘘も言っておらぬ。

エルローフロッグはエルロー大迷宮に生息する魔物の中では、最弱とまでは言わないものの、それに近い弱い魔物である。

その上吾輩たちの皮は七色に輝いている故、装飾品に加工されることが多い。

弱い上に素材は高値。

もうお分かりであろう。

吾輩たちエルローフロッグは冒険者にとってとても魅力的な、獲物なのである。

天敵は冒険者だけに非ず。

他の魔物もまた、吾輩たちの命を脅かす危険な敵である。

吾輩たちは弱い。

強力な魔物が跋扈（ばっこ）しているエルロー大迷宮で生き残れるのは、ひと握りの選ばれし蛙だけなのである。

吾輩たちが絶滅せずにいるのも、その繁殖力の高さと、雑食で岩すら食い物にする見境のなさが功を奏しているがためである。

しかし、最近妙に近辺の同族の数の減りが早い。

吾輩たちの弱さを思えば数が減るのは仕方ないが、それにしても減り方が異常である。

これは早急に原因を確かめねばならないのである。

むむ？

吾輩の体が動かないのである。

これは一体どうしたことか？

ハッ！　これはもしや、噂に聞く蜘蛛（くも）の巣（す）というものではなかろうか？

いかん、このまま動けずにいれば、巣の主に食われてしまう。

慌ててもがくものの、体の自由は利かず、背後に何かが迫る気配を感じる。

どうやら吾輩の命運もここまでのようである。

振り向いた先では、一匹の蜘蛛がまさに吾輩の体に牙（きば）を突き刺さんとしているところであった。


なんてことを蛙が考えてたら面白いのになー。

あー、苦不味。

世界が認めた糸

私には常々気になっていたことがあった。

それは、私の糸の鑑定結果。

鑑定のレベルが上がると、その説明文は徐々に長くなっていった。

つまり、レベルが上がるごとに、より詳細な説明がなされるようになっていたということ。

中層に入る前は正直そんなこと気にしてる余裕はなかったし、中層に入ってからは糸を出すことができなかったから試していなかった。

けど、上層に戻ったら鑑定してみようと心に決めてたんだよねー。

叡智(えいち)様に進化した鑑定が、私の糸をどう評価してくれるのか。

非常に興味があります。

というわけで、上層に戻ってきた今、念願のなんでも糸鑑定団開催！

まずはなんの工夫もせずに出したデフォルト糸。

叡智様、鑑定オナシャス！

〈**蜘蛛糸：粘性を持つ蜘蛛型の魔物が生成した糸。主に巣の材料や獲物を捕らえる際に使用される。**

この糸に捕らわれれば脱出は困難。その場合、火には弱いので焼き払うのが有効。品質A〉

ほほーう。

大体知ってる情報ばっかだったけど、最後の品質だけ見たことなかったなー。

Aということはいいってことだよね？

ちょっとわざと品質が下がるように糸を出して、それを鑑定してみたら品質Bになってた。

私の糸のスキルレベルはまだまだカンストには程遠いので、Aが最高ってことはなさそうだけど、それでもいいものだって言ってもいいのではないか？

お次は、カスタマイズした糸。

粘性と耐久性を最大まで上げた、私が普段使ってるやつ。

〈蜘蛛糸：非常に高い粘性と耐久性を持つ蜘蛛型の魔物が生成した糸。主に巣の材料や獲物を捕らえる際に使用される。この糸に捕らわれれば脱出は困難。その場合、火には弱いので焼き払うのが有効。品質A〉

品質は変わらないけど、説明文にちょっと追加があるね。

次は、斬属性を追加してみようか。

〈蜘蛛糸（攻撃力＋200）：粘性を持ち、斬属性が追加された蜘蛛型の魔物が生成した糸。主に巣の材料や獲物を捕らえる際に使用される。この糸に捕らわれれば脱出は困難な上に切り刻まれる。その場合、火には弱いので焼き払うのが有効。品質A〉

ん？　なんか攻撃力なるものが増えたぞ？

なんかゲームで言うところの装備品みたいな感じになってるけど、そういうことなの？

私の糸は装備品だったのかー。

まあ、確かに武器っちゃ武器だけどさ。

私のメインウエポンでっせ。

なんか違う気がするけどよしとしよう。

打撃属性と衝撃属性も同じように試してみたけど、あんま変わんなかった。

お次は耐性付与だけど、デフォルトの説明文になになに属性に高い耐性がある、みたいな文言が追加されただけだった。

唯一大きく変化したのは火耐性を追加した時で、火には弱いうんちゃらかんちゃらの説明のところが、「火にもある程度の耐性があるので、半端な火力では焼き払うのも困難」てな感じに。

耐性付与しても焼き払えはすると。

悲しいなあ。

気を取り直して、今度は粘性をなくしてみる。

蜘蛛糸の最大の特徴の粘性をなくすと、それもうただの糸じゃんってなるけど、その鑑定結果はどんなんになるのかな？

あ、ついでだから質感も良くしとこう。

〈蜘蛛糸：蜘蛛型の魔物が生成した粘性のない極めて珍しい糸。耐久性や魔力伝導性に優れ、糸の素材としては最上級のものとなる。ただし、蜘蛛型の魔物が意図的に生成しないと手に入らないため、入手は非常に困難。品質A〉

なんか説明文変わった！

デフォルト糸の説明から原型とどめてない！

イヤ、まあ、確かに蜘蛛糸から粘性とったらそれもう別もんじゃんとは思ったけどさあ。

ここまでデフォルト糸の説明を基本に、一言二言追加されるくらいの変化しかなかったじゃん。

そこからこの変化って。

あー、しかし、粘性とった糸って、素材としてはすんごい良いものなのね。

めっちゃベタ褒めじゃん。

魔力伝導性なるものは何のこっちゃねっと思って二重鑑定してみたけど、魔法だとかスキルだとかの力を込めやすいか込めにくいかってことらしい。

蜘蛛糸はその力を込めやすいと。

まあ、元からカスタマイズ可能な糸だからねえ。

手を加えやすいのかもしれない。

これで服とかの防具作ったらいいものができそう。

私は今更この蜘蛛ボディに服を着せようとか思わないけど。

服着ても動くのに邪魔になるし、何より一度着たら破かない限り脱げなくなりそうだし。

蜘蛛の体は人間と違って複雑な構造してるんだよ！

そんなヒョイヒョイ着たり脱いだりできないんだよ！

八本足なめんな！

ふう。ま、服のことは置いといて。

私の糸が世界目線で見てもいいものだと証明できたわけだ。

叡智様が言うんだから間違いない。

これからもこの糸は頼りにさせてもらおう。

糸と冒険者

タラテクトの巣を焼き払った冒険者たち。

彼らはゆっくりと慎重に焼け落ちた巣のあった場所を進む。

そして、その中心部で、彼らは奇妙なものを発見した。

「なんだこりゃ？」

「白い、玉？　糸か？」

彼らの目に飛び込んできたもの、それは地面に転がる無数の白い玉だった。

よくよく見ればそれは細い糸でできた糸玉であることがわかる。

蜘蛛の魔物であるタラテクトが時たま巣を作るのは、冒険者の間で常識であるが、その巣の中に糸玉を作っているという話は聞いたことがなかった。

リーダー格の男が、慎重に剣の鞘(さや)で糸玉をつつく。

蜘蛛の糸で作られているならば、その玉もベタベタした粘着力を持っていると予想していた。

のだが、鞘から返ってきたのはふんわりとした感触だった。

まるで極上の綿をつついたかのような、そんな柔らかな手応え。

在り来りな冒険者である彼に極上の綿をつついた経験などなかったが。

リーダーは恐る恐る糸玉を手に持った。

まるで絶世の美女の髪の如き滑らかな手触り。

モテないリーダーには絶世の美女どころか、生まれてこのかた女性の髪に触るという経験などほとんどなかったが。

いつまでも触っていたい感触に、この場が危険な迷宮の中であるにもかかわらずうっとりと陶酔する。

それを見たメンバーの一人が、我慢しきれずに糸玉が積み重なった場所にダイブした。

柔らかな感触が全身を受け止め、包み込む。

まるで雲のベッドのようだ。

もちろん雲のベッドに寝たことなどないし、物理的に不可能なのでそれは単なる妄想なのだが。

堪りかねた他のメンバーも糸玉にダイブする。

しばらく至福の時を堪能し、彼らは糸玉を全て回収し、ついでに転がっていた竜の卵と思われる物体を持ち帰った。

竜の卵は希少で、売ればかなりの財産になるのだが、彼らにはついででしかなかった。

それをずっと後で聞いたとある竜の子供は、「ありえないし!」と憤慨していたそうだ。

ともあれ、その冒険者一行によって、糸玉は世に放たれた。

本当は彼らは糸玉を手放す気などなかった。

それほどまでに魅了されていた。

それを買い取った商人は非常に交渉の技術と先見の明があった。

商人の出した条件は、金銭の他にもう一つ、糸玉を使った寝袋を作成して冒険者に渡すというものだった。

こうして彼ら冒険者は、莫大（ばくだい）な金と気持ちのいい安眠を手に入れたのだった。

かえる

蛙、それは私がこの迷宮で初めて自らの力で倒した魔物。

以降、何かと遭遇する羽目になった。

迷宮の中では相当弱い魔物なわけだけど、いっぱいいいたんだよねー。

まあ、弱いって言っても、私の最初期レベルよりかは十分上なんだけど。

ちゃうねん、蛙が強いんじゃなくてスモールレッサータラテクトが弱すぎるねん。

蛙も他の魔物に比べたら弱いねん。

そんな弱い蛙だけど、数だけは多い。

かと言って、群れるわけじゃない。

大群で固まって生活してるゲジとか、常に三匹で行動する仲良しこよしとか、数の暴力で生き残りを懸けてるわけでもない。

迷宮に広く分布してるけど、各々好き勝手に生活してる。

上層ではいっぱいいいた蛙だけど、実は下層と中層にもいたんだよね。

下層では毒を持ってるから、弱い魔物なりに強い魔物に見逃されてた。

上層に比べて数は少なかったけど、それでもチョイチョイ見かけたんだよね。

上層より数が少なかったのは、毒持ちでも完全に見逃されてたってわけじゃないからだと思う。

進んで食べることはないけど、腹が減って他に食べ物がなかったら食う。

下層での蛙の扱いはそんな感じなんでしょう。

中層では環境に適応する進化をしていた。

中層はマグマが溢（あふ）れる素敵な灼熱（しゃくねつ）地獄。

火炎無効なんて上等な耐性スキルを持って、マグマの中優雅に泳いでいやがった。

蛙のくせに生意気な。

まあ、中層には他にも上層の魔物が環境に適応して進化した感じの連中がいたし、蛙だけが特別ってわけじゃない。

じゃないんだけど、私でも持っていない火炎無効なんてスキルを蛙が持っていると、なんというか先を越されたというか、妙な敗北感が。

上層で幾度も死闘を繰り広げ、勝手にライバル扱いしていた蛙。

今では鼻歌交じりに虐殺できる蛙が、私の欲してやまないスキルを持っている。

なんだろう、このやるせない気持ちは。

そんな蛙なんだけど、弱いなりに生き残る術を持っていたりする。

迷宮の中では弱肉強食。

弱いとすぐ強い魔物にやられて食べられてしまう。

下層では毒持ちだからある程度見逃されているけど、それとは別の生き残る手段がある。

弱い蛙が上層であんだけ繁殖して生き残っている理由は、奴らが雑食だということ。

奴らはなんでも食べる。

それこそ、迷宮そのものすら。

蛙は酸攻撃なるスキルを持っているんだけど、その力で驚異の消化力を手に入れているらしい。

そこらへんに転がってる岩だとかも平気で食べる。

岩に栄養なんてあるのか？　って疑問には思うけど、そこら辺考えだしたらキリがないのでスルー。

実際食ってるんだからちゃんと栄養あるんだよ。うん。

あんまり好みじゃないっぽくて、よっぽどお腹が減ってないと食べないっぽいけど。

それでも、魔物しか食べられない私と違って、食料に困るってことがない。

そこらじゅうに岩だとか石だとか転がってるし、なんだったら壁を削ってもいいしね。

だからこそ、無駄に数が多くなっても餓死する心配がない。

いくら数が増えたところで、餌の競合を起こすってことがないからね。

そうやって数を増やして、少しでも多くの蛙が生き残るようにしてるんでしょう。

不思議なのは、蛙のくせに生まれた瞬間はオタマジャクシじゃないのかってこと。

迷宮にそれらしき水場はないし、蛙の子供らしきオタマジャクシは見たことがない。

生まれた瞬間から蛙なんだろうか？

地球とは別世界の魔物なんだから、姿が似てるだけの別生物なんだし、生態が全然違ってもおかしくはないんだけど、何となく釈然としない。

で、進化前のオタマジャクシはいないくせに、進化後の蛙は存在する。

下層で発見したその蛙は、とにかくでかかった。

どのくらいでかいかというと、蛇を丸呑みできるんじゃないかってくらい。

蛇に睨(にら)まれた蛙と言うけど、あのビッグ蛙は蛇でも返り討ちにできるだろうね。

私の元の種族のタラテクトもそうだけど、最初は弱くても進化してくと強くなる魔物って結構多いんだなって思ったわ。

あの弱っちい蛙が、こんなに立派になって。感動した！

けど、そのビッグ蛙すら、下層では標準くらいの強さ。

地龍(ちりゅう)だとか、マザーだとかの規格外どもには遠く及ばないっていうね。

悲しいけど、所詮(しょせん)蛙なのよね。

もしかしたら私が知らないだけで、さらなる超ビッグ蛙がいるかもしれないけど、そんなもんがいるとしたら行ったことのない最下層くらいじゃないかな。

さすがにいないと思うけど。

ここまで蛙の生態に詳しいやつはいないに違いない。

なんて言ったって、上層、中層、下層の蛙すべてを観察して得た情報だし。

捕食という名の解体実験も済ませているし、蛙について知らないことは、生まれた直後の姿以外はないと言っても過言ではあるまい！

フルコンプするには最下層にホントに蛙が生息してないのか調べる必要があるけど、そこまでする気はない。

蛙マイスターを名乗っても問題あるまい。

蛙マイスターの称号くれてもいいのよ、天の声（仮）さん？

ないですか、そうですか……。

召喚とか憧（あこが）れるけど

召喚というスキルがある。

その名のとおり、別の場所から何かを召喚するスキル。

その何かというのは、スキルの持ち主と契約を交わした生物だ。

要は召喚獣。

そもそも召喚のスキル自体が、調教っていう魔物なり動物なりを使役するためのスキルが進化したもの。

魔物使いが召喚士にクラスチェンジする感じかな。

どっちにしろ、魔物を使役して戦わせるスキルってことね。

私は思ったわけだよ。

このエルロー大迷宮なら、使役する魔物には事欠かないんじゃね？　と。

世界最大の迷宮だけあってここには魔物が多い。

外に出たことがないから憶測でしかないけど、魔物の人口密度はきっと高いと思うわけよ。

で、魔物を片っ端から使役すれば、それだけで魔物軍団を完成させることもできるんじゃないかと。


火竜と戦った時にも思ったけど、数の暴力っていうのは恐ろしい。

身をもって体験したんだから間違いない。

質より量ってね。

龍クラスにまでなるとその量も意味を成さなくなってくるけど、それ未満の連中には十分な脅威でしょう。

これまでソロで頑張ってきた私だけど、一人の限界っていうのはわかってるつもり。

一人より二人のほうがそりゃいいに決まってるよね。

背中をあずけられる相棒がいれば、それだけ生存率も上がるわけだし。

スキルでしっかりと縛ってれば反逆されることもないしね。

何より、私そういう育成シミュレーションって好きなのよ。

というか、やり込む感じのゲーム全般だけど。

魔物を使役して育てるとか、めっちゃ面白そうじゃん。

レベルを上げれば私みたいに進化するだろうし、最初は弱くても根気よく育てればいつか最強とか。

燃えるね。

あ、ただし私より強くなるのは禁止で。

ゆくゆくは魔物の大軍団とか作ってみたいけど、最初は一匹を集中的に育ててみようかな。

私がどっちかっていうと魔法タイプだから、前衛をこなせる魔物がいいね。

そんな妄想をしていた時期が私にもありました。

叡智様のスキルリストを見て、私の未来予想図は音を立てて崩壊した。

だって、調教のスキルを取得するのに、一万もスキルポイント使うんだもん！

火竜が持ってた統率のスキルも同じく。

どうやら私には従える才能というものがないらしい。

確かに前世でも今世でもボッチ街道まっしぐらだったわ、私。

従える云々の前に、そもそも他者とかかわろうとしないっていうね。

そりゃ、スキル取れないのも納得だわ。

あっはっはー。

ハア……。

蛙とか使役してパシリにする計画はパアだわ。

中層最悪の敵

中層で最悪の敵はどんな魔物なのか？

タツノオトシゴ、中層にいっぱいいいるザコである。

数は多いけど、それだけで対策さえどうにかなれば倒すのはそう難しくない。

最悪と呼ぶには程遠い。

ナマズ、タツノオトシゴの多分進化形。

進化した姿だけあって、タツノオトシゴよりだいぶ強い。

強いけど、基本戦術はタツノオトシゴとあんま変わんないし、ぶっちゃけこいつ中層のお笑い担当だからあんま脅威に感じない。

最悪と呼ぶには程遠い。

鰻（うなぎ）、多分だけどナマズの更なる進化形。

かなり強い。

基本戦術はこれまたタツノオトシゴと変わらず、マグマの中から火球を撃ちだしてくるってものだけど、ステータスが高いせいでそれもシャレにならないものになってる。

タツノオトシゴとかに比べると、同じことしてるのにもはや別物。

強敵という意味では確かに中層の中でも飛び抜けている。

が、ただ強いってだけなら私は下層でもっとやばい連中を目撃している。

地龍とか地龍とか地龍とか！

それを考えると、最悪と呼ぶにはちょっと弱い。

私が言う最悪とは、ズバリ倒せないものだ。

そして、そいつは確かに倒せない魔物だった。

私が中層で最悪だと思った魔物、そいつの名前はエルローピエクー。

その魔物は赤い犬みたいな外見で、秋田犬に近い姿をしている。

つぶらな瞳(ひとみ)が結構かわいい。

が、その能力は割とえげつない。

まず、犬だから鼻がいいのだ。

匂いで私のことを察知してしまうので、奇襲ができない。

糸が使えない中層で、奇襲も封じられる。

この時点で私との相性が悪いと言わざるを得ない。

けど、それだけじゃない。

この犬っころは敵を見つけると、自分の体に火をつけるのだ。

燃え盛るワンコである。

火に弱い私にとって、火そのものとなってしまったかのような犬の相手は骨が折れるのである。

というか、攻略方法が毒合成しか残っていない。

何とかして蜘蛛(くも)猛毒をぶっかけてやるしか私に勝ち筋がない。

だって、触れないし。触ったら燃え死ぬし。

犬好きだったら燃えながら萌(も)え死ぬかもね。

で、さらにさらに、こいつは犬だからか大抵の場合集団でいるわけ。

数の暴力怖い。

毒合成しか勝ち筋がない私に、複数の犬が襲いかかってくるという悪夢。

イヤ、マジ死ぬから。

幸いなのは、ステータスはそこまで高くないってことかな。

一匹一匹はナマズよりも相当弱い。

だから、なんとかなる。

ん？　最悪なのになんとかなるのかって？

まあ待ちたまえ、私が言う最悪というのは、この犬の中でもごく限られた個体のことを指しているのだよ。

その個体の前には強い弱いなんて関係なくなる。

強かろうが、弱かろうが、等しく倒すことができなくなってしまう。

そんな恐ろしい罠(わな)が待ち構えているのだ。

「くうーん」

おわかりいただけただろうか？

この悲しげな儚(はかな)い鳴き声。

見つめてくるつぶらな瞳。

ちょっと小突いただけで死にそうなのに、思わずそれを躊躇(ちゅうちょ)してしまいそうになる。

そう、子犬である。

何だその愛玩動物みたいなかわいさは！

成犬のほうも見ようによっちゃかわいいけど、子犬とか反則に決まってるだろ！

魔物のくせに！

こちとら薄気味悪い蜘蛛だぞ、おい！

差別だ差別！

私も生まれ変わるならこっちのほうが良かったわ！

かわいいは正義！

やかましいわ、ボケ！

こんな、こんなかわいい生物を殺すとか、そんなこと考えただけで罪悪感がわいて……こないな。

そういえば私、無慈悲とかいう称号持ってたわ。

罪悪感を持たなくなるとかいう微妙だと思ってた効果の称号を。

なんてこった。

微妙だと思ってた称号の効果が、こんなところで役に立つとは。

対策って重要だね。


中層最悪の敵、あなたなら倒せますか？

「くうーん」

中層探索記

私は冒険者である。

エルロー大迷宮の探索を駆け出しの頃から続け、今では案内人なしで迷宮を出歩くこともできる。

自分で言うのもなんだが、おそらく冒険者の中で最もエルロー大迷宮に精通しているだろう。

しかし、エルロー大迷宮は広く、そんな私でも一度知らぬ道に踏み込めば、たちどころに迷ってしまう。

それも仕方がないことなのだが。

ベテランの案内人ですら全ての道を網羅しているわけではないのだから。

それどころか、未だにエルロー大迷宮の全貌は明かされていない。

エルロー大迷宮はいくつかの層に分かれており、私たちが普段探索しているのは上層と呼ばれる層だ。そしてこの上層が、我々の探索できる限界でもある。

中層への入口は発見されているが、そこはマグマの溢れる灼熱地獄。

到底人が踏み込める領域ではない。

その中層のさらに奥、下層と呼ばれる領域にも、縦穴と言われる巨大な穴を降りていけば到達することはできる。

しかし、そこに降りて戻ってきた人間は少ない。

戻ってこれた少数の人間の証言によれば、下層は強力な魔物が溢れかえっていたという。

その下層よりもさらに恐ろしい魔物が生息する、最下層も存在しているのではと噂されているが、真偽は不明だ。

中層にしろ下層にしろ、人族が踏み込める領域ではない。

上層ですら全ての地図が埋まったわけではないのだから。

エルロー大迷宮とはそれほどまでに広大で恐ろしい場所なのだ。

私がなぜそんなことを説明するのかというと、あろう事か中層の探索部隊の一員に私も組み込まれてしまったからだ。

国からの指名で、ただの冒険者である私に拒否権はない。

国がどういった意図で中層の探索などという暴挙に出たのか、私には知りようもない。

当然のごとく私は探索に反対し、エルロー大迷宮の恐ろしさをとくとくと説明した。

が、聞き入れては貰(もら)えず、私は無謀な中層探索を敢行しなければならなくなってしまった。

まず、私たちの部隊が行ったのは、火耐性のスキルレベルの強化である。

中層で生き残るには必須(ひっす)のスキルだったのだから当然のことだ。

そして水や食料といったものを空間魔法の込められた収納鞄(かばん)にたっぷりと入れ、耐熱装備に身を包み、準備万端の状態で出発。

同じ探索部隊の連中は、これだけ準備を念入りにすれば攻略できる、と意気込んでいたが、エルロー大迷宮を知る身としては成功するはずがないという思いだった。

結論から言おう、探索は失敗に終わった。

無事に戻ったという意味では成功だったのかもしれないが、私たちが持ち帰った情報は、中層の攻略は不可能という、その事実のみ。

　これを成功と言うべきではなかろう。

　まず、上層の段階から躓(つまず)いていた。

　エルロー大迷宮を知らぬ身では上層の探索すら厳しいと、私はせめて慣らしの期間を設け、何度か上層の探索を経験すべきであると申告していた。

　探索部隊には私のような冒険者以外にも、国の騎士やら学者やらもいて、エルロー大迷宮に潜ったこともない輩が多かったのだ。

　そんな私の願いは、時間の無駄だと簡単に切って捨てられる。

　結果、メンバーの半数が上層で脱落というもの。

　死んだわけではないが、ついてこれずに半数が引き返していったのだ。

　だから忠告したというのに。

　エルロー大迷宮は昼も夜も分からぬ暗闇。

　まず、この闇に慣れなければ精神的に参ってしまう。

　その中で寝起きし、何日も進んでいかなければならないのだ。

　慣れていない者が脱落してしまうのは目に見えていた。

　結局中層に到達したのは、私をはじめとしたエルロー大迷宮の探索経験者がほとんど。

　国から選ばれたという探索隊のリーダーである騎士だけが、エルロー大迷宮未経験者の中でまともに機能している人物だった。

　そのような状況でも、中層への突入は敢行された。

そこは一言で言うと地獄。

上層と真逆の、昼夜光が絶えない眩(まばゆ)い世界。

常に身を焦がさんと襲い掛かる熱。

時折襲いかかってくる魔物は、そのほとんどがマグマの中から遠距離で攻撃してくる。

マグマの中に踏み込んでいけるはずもなく、近接メインの戦闘班はこれでほぼ機能しなくなった。

不幸中の幸いなのは、魔物の強さが上層と大して違わないこと。

危険度Dランク相当の魔物にしか私たちは遭遇しなかった。

できなかったとも言えるかもしれんが。

結局、私たちの探索は長続きしなかった。

半数に減った部隊、いるだけで体力を削られる灼熱地獄、睡眠を取ろうにも目を焼くマグマの光でろくに眠れず、体から失われる分だけ多くの水を要した。

体力や気力の限界、食料と水の想定以上の消費量。

それらから判断し、私たちは早々に中層を引き返した。

当然のことながら地図はほとんどできなかった。

私たちは中層の恐ろしさを、身をもって体感したと言えよう。

それすら、もしかしたら中層の恐ろしさの片鱗(へんりん)にしか過ぎないのかもしれん。

なにせ、私たちが探索できたのはほんの少しだけなのだから。

私たちが踏み込めぬ領域に、中層の真の恐怖は待ち構えているのかもしれない。

冒険者　アイフェンの手記より抜粋

蜘蛛(くも)ってなんだっけ？

最近私は自分の存在意義を見失いつつあると思うんだ。

ぶっちゃけ言おう。

最近の私って、蜘蛛っぽくなくね？　と。

蜘蛛ってこう、もっと巣作って待ち伏せとか、毒持った牙(きば)で巣にかかった獲物を仕留めるとか。

そういうもんじゃないかと私は思うんだ。

けど、この頃の私ときたら、
スピードに物言わせて敵の攻撃を回避。

魔法をぶっぱなして砲台化。

近づかれたら鎌で迎撃、もしくはこれまた魔法でゴリ押し。

うん。蜘蛛要素どこいった？

完全に高機動型移動魔法砲台です、ありがとうございます。

もしくは、なんか見た目だけ蜘蛛のクリーチャー？

イヤ、魔物だからクリーチャーで間違ってないんだけどさあ。

主戦力が魔法になってからというもの、私の蜘蛛離れが激しい気がするんだよね。

まあ、魔法覚えたのが糸の使えない中層だったたっていうのもそれに拍車をかけてる気がする。

それまでは確かに蜘蛛の象徴たる糸で頑張ってた。

それこそ糸がなきゃなんもできないくらいの勢いで。

けど、その糸が使えない状況に追い込まれて、糸に頼らない戦い方を模索し始めたのが蜘蛛離れの始まりだよね。

まだ最初のほうは毒に頼ってたから蜘蛛から乖離することもなかったけど、魔法覚えてからはダメ。

特に影魔法から派生した闇魔法覚えてからというもの、それが便利すぎていけなかった。

だって、便利なんだもん、仕方ないじゃないか。

便利なものを使って何が悪い！

実際、糸を使って相手を足止めしつつ、魔法で遠距離から一方的に攻撃するって戦法は私の黄金の勝ちパターンと化している。

糸を使ってるからかろうじて、まだ、若干、微妙に、ちょびっと、蜘蛛要素が残ってなくもないと言いはれなくもないようなあるような。

うん、魔法使ってる時点で蜘蛛っぽくないっていうのは言わないで欲しい。

逆に、邪眼系列は雑魚相手には重宝するけど、強敵には効き目が薄い。

目が八個あるのを利用した邪眼複数同時発動。

蜘蛛の身体構造をこれでもかと利用してるんだから、きっと蜘蛛っぽいんだよ。

うん、わかってる。

邪眼っていう時点で蜘蛛っぽくねーよってことは。

ていうか、魔法にしろ邪眼にしろ、ファンタジー要素入れちゃったらその時点で蜘蛛っぽくはならないわな。

糸と毒までなら蜘蛛のイメージから外れてないけど、魔法だの邪眼だの使い始めたらそりゃ、ねえ？

けど、それを使わないっていう選択肢は私の中になかったし。

ていうか、便利なものを率先して取り込まないと生きていけない環境にあったし。

後悔はしていない。

たとえその結果、なんかもはや蜘蛛とは言えなくなりつつあろうとも。

大体からしてこの世界そのものがファンタジーなんだし、私もそのファンタジー代表の魔物なわけじゃん？

だったら私自身がファンタジーになってもいいじゃないか！

私の蜘蛛離れは起きるべくして起きたのだよ！

私は今、蜘蛛から一端の魔物へとクラスチェンジしたのだ！

魔物だったら魔法だろうが邪眼だろうが使っても不思議じゃない！

だから私はこれでいいのだ！

と、自己弁護してみる。

実際私の蜘蛛離れは著しいし。

今でも糸とか毒とか使うけど、初期の頃に比べたら手札が増えて唯一の武器って感じじゃないし。

はっ！　逆に考えるんだ！

私は蜘蛛のその先に進んだのだと！

最先端の蜘蛛は私のようにあるべきなのだよ！

つまり、私は蜘蛛界のカリスマ。

私が蜘蛛っぽくないんじゃなくて、他の蜘蛛が時代遅れなんだ。

なんということでしょう。

私はいつの間にか蜘蛛の時代を先取りしてしまっていたのか！

さすが私だな。

他の蜘蛛どもも私を見習って魔法とか邪眼とか習得すればいいんじゃないかな？

そうすれば私の蜘蛛っぽくないっていう評価も変わるに違いない。

なんせ、この私こそが蜘蛛の中の蜘蛛になるのだから！

最先端蜘蛛の先駆者となれば、私こそが蜘蛛オブ蜘蛛！

他の蜘蛛は私に憧れ、私のスタイルをこぞってマネし始めるに違いない！

まあ、私に追いつくのは生半可なことでは成し遂げられないだろうけど、精進したまえ。

ふははははは！

まあ、そんなこと私が許さんけどね。

私の厄介さは私自身がよーく知ってるんだから。

そんな厄介なのが私以外に増えるとか勘弁して欲しい。

蜘蛛界のカリスマは私一人で十分なのだよ。

流行とかさせないからな？

蜘蛛 VS 蝉

夏と言えば何が思い浮かぶだろうか？

祭り。

うんうん。

やっぱ祭りとかいいよね。

特に屋台とか屋台とか屋台とか。

焼きそばとか綿あめとか、ああいう祭りの屋台で売ってる食べ物は割高だってわかってるのに、ついつい買っちゃう魔性の魅力があるよね。

他にも海水浴だとか避暑もかねて山登りとか、いろいろと思い浮かぶと思う。

しかし、いいことばっかりじゃない。

夏と言えば暑い。

そしてその暑さを体感的に引き上げる存在がいる。

「ミーンミンミンミン！」

そう、蝉である。

蝉の鳴き声は夏の風物詩。

その鳴き声を聞くだけで、体感温度が上がるザ・夏！　的な虫である。

蝉の鳴き声を聞きながら思う。

ああ、異世界にも夏が到来したんだなー、と。

吾輩は蜘蛛である。

名前はまだない。

なんて有名小説の出だしをパクって自己紹介してみたけど、遺憾ながらこれ、冗談でも何でもないマジ情報なんだよなー。

異世界転生なんてけったいなことをした私だけど、さらにけったいなことに転生先は魔物でしかも蜘蛛。

私が転生したこの世界、レベルだとかスキルだとかそういう概念のある、正統派とは言えないファンタジー世界だからね。

そりゃ、魔物くらいいる。

その魔物に転生した私、蜘蛛です。

なんでだよと私を転生させた神様に物申したい。

けど、いくら文句を言ったところで蜘蛛になってしまったものは仕方がない。

重要なのは何に生まれたかじゃない。

どういう風に生きるかだ！

なんて、ちょっとかっこつけて言ってみる。

それに、蜘蛛もなってみればこれはこれでありだと思うんだ。

少なくとも、目の前の怪物に比べれば。

「ミーンミンミンミン！」

耳が痛くなる騒音を発しているのは、巨大な蝉である。

うん。

ここ正統派とは言い難いファンタジー世界だからね。

そりゃ、蝉の魔物くらいいるさ。

蜘蛛と蝉。

捕食生物と被捕食生物。

どっちがマシって言ったら、そりゃ蜘蛛のほうがいいに決まってるじゃないか。

私は食われたくないぞ！

私は食う側でいたいぞ！

そして捕食生物と被捕食生物が出会えばどうなるか？

そりゃ、もちろん、狩りの時間だ！

私こう見えても結構強いのです。

なんて言ったって、エルロー大迷宮とかいう、とんでもなく広くて殺意全開のダンジョンを生き抜いて脱出したんだから！

え？　そこはダンジョンを制覇したくらい言えって？

バカ言っちゃいけない。

あのダンジョン制覇するとか、まともな生物にできるわけないっしょ。

まともな私は脱出するだけで精一杯です。

まとも？　とかいう疑問は受け付けません。

「ミーンミンミンミン！」

しかし、この蝉、どうやって倒そうか？

というか、こいつホントに蝉か？

木にとまった巨大蝉。

一本の木ではその巨体を支えきれないのか、複数の木にそれぞれ足をからめるようにしてとまっている。

その体は甲殻虫のように黒光りし、羽はガラスのように七色の光を反射している。

……蝉？

「ミーンミンミンミン！」

おおよそ蝉らしからぬ外見だけど、ミンミン鳴いてるしなぁ。

蝉ということにしておこう。

で、その巨大蝉がミンミン鳴くごとに、近寄ろうとした鳥の魔物が吹っ飛んでいく。

私と同じで、あの巨大蝉を狩ろうとして逆に返り討ちにあっているのだ。

蝉にやられる鳥って……。

しかし、それも仕方がないのかもしれない。

蝉のステータスを鑑定してみると、その理由がよくわかる。

〈ミンバク　LV10

ステータス　　HP：1600／1600（緑）（詳細）

ＭＰ：１２３５／１５９９（青）（詳細）
ＳＰ：１５４３／１５４３（黄）（詳細）
：８９７／１５６６（赤）（詳細）
平均攻撃能力：１６２９（詳細）
平均防御能力：１５７７（詳細）
平均魔法能力：１６０１（詳細）
平均抵抗能力：１５７４（詳細）
平均速度能力：１５５６（詳細）

スキル

「堅甲殻ＬＶ１」「ＨＰ自動回復ＬＶ１」「ＳＰ消費大緩和ＬＶ１０」「音攻撃ＬＶ１」

「魔力感知ＬＶ４」「魔力操作ＬＶ４」「土魔法ＬＶ４」「風魔法ＬＶ１」「飛翔（ひしょう）ＬＶ１」

スキルポイント：３００００

称号なし

〉

ミンバクって名前は、ギャグなんだろうか？

それにしても、ステータス高え！

大体平均ステータスが１６００弱。

これがどのくらい強いのかというと、私がかつてエルロー大迷宮で戦ったことのある上位竜よりかは低いけど、中位竜よりかは高いくらい。

つまり、上位竜に匹敵するということだ。

上位竜並みの蝉。……蝉？

ちなみに、さっきから蝉に突撃しては返り討ちにあってる鳥の魔物のステータスは、全ステータス100未満。

お前らよくそれであの蝉に突撃しようと思ったな！

普通に考えて勝てるわけねーってわかるだろ。

何が彼らをそこまで駆り立てるのか。

あれか？

鳥類のプライドか？

虫けらごときに負けるわけにはいかないってか？

「ミーンミンミンミン！」

イヤ、あれは単に音がうるさすぎてムカついてるだけか。

そりゃ、自分たちの縄張りであんな爆音奏でられたら、文句の一つも言いたくなるわな。

ちなみに、爆音というのは爆発するかのような大音量という意味ではない。

爆発する音だから爆音だ。

あの巨大蝉がミンミン鳴くごとに、音の衝撃波が全方位にばら撒(ま)かれ、近づくものを容赦なく吹っ飛ばしているのだ。

音爆弾だね。

うん。

音だけでそんな衝撃波が出るわけねーだろって思うかもしれないけど、ここってスキルとかある正統派とは言い難いファンタジー世界だから。

あれは巨大蝉のスキル、音攻撃の効果だな。

スキルレベルは低いけど、そこはステータスの高さで補ってる感じなのかな。

蝉がミンミン鳴くごとに、ドッカンドッカン爆発してるよ。

そして奴はずっと鳴き続けている。

つまり、爆発が止まない。

蝉が止まっている木が無事なところを見るに、ある程度指向性を操れるんだと思うけど、それがわかったところで全方位に断続的に衝撃波ぶっ放してる相手に、迂闊(うかつ)に近寄ることができないことに変わりはない。

蝉のくせに難攻不落の城塞(じょうさい)と化してやがる。

蝉って夏にうるさいだけで、それ以外はほとんど無害な虫じゃなかったたっけ？

さすが異世界。

弱肉強食の異世界では、蝉でさえああも予想の斜め上に進化するんだな。

「ミーンミンミンミン！」

また一匹、鳥の魔物が蝉の餌食になった。

このまま放置していたら、この近辺の鳥の魔物が全滅してしまう！

別にだからどうしたって感じだけど、生態系とかそういうのが崩れそうな気はする。

さて、どう攻略したもんか。

ぶっちゃけあの蝉を倒すだけならそこまで難しくはない。

私には邪眼とか魔法とかの遠距離攻撃手段があるからね。

あの爆音の有効範囲に入らなくても、遠距離攻撃でどうとでもできる。

……蜘蛛(くも)って何だっけ？

うん。まあ、ここって正統派とは言い難いファンタジー世界だからね。

蜘蛛だって私くらいの予想の斜め上の進化をするさ。

ていうかそのくらいにならないと、あのエルロー大迷宮では生きていけなかったんだよ！

けど、ここはもうエルロー大迷宮じゃない。

そこまで気を張らなくても生きていける。

ということで、あの蝉には初心に帰って蜘蛛の初期装備、糸と毒だけで挑もうと思うのだ。

なんでそんなメンドイことをするのかって？

この頃邪眼だとか魔法だとかバンバン使いまくってるせいで、私の蜘蛛らしさが損なわれてきてるからだよ！

蜘蛛としてのアイデンティティーを取り戻すためにも、ここはそれらしく戦おうと思うんです。

もちろん、本気出さないと勝てそうもないような大物が相手だったら話は別だけどね。

あの蝉はかつて私が倒した上位竜にも及ばない。

なんと言っても私はその上位竜のさらに上位種である龍(りゅう)すら倒してるんだから。

あんな蝉ぐらい楽勝ってもんですよ。

だからこういうお遊びもできるのさ。

しかーし！

遊びだからって気は抜かない。

いくら楽に勝てる相手だって言っても、そこは殺し合いだからね。

油断はいかんのです。

だから、縛りをかけても、それ以外は本気でやる。

そのためにもまずは相手を知ることからだ。

私には鑑定という相手のステータスを読み取るスキルがある。

それで読み取った情報をもとにすれば、あの蝉はそこそこ強い。

ここら辺に出現する魔物の平均ステータスが大体１００前後なことを考えれば、あの蝉がいかに強いかわかるってもんよ。

何がどうしてあんなのが突如出現してるのか、むしろそっちのほうが訳わからんくらいだわ。

けどまあ、あの蝉がどこから出現したのかはすぐにわかる。

だって、蝉のすぐ近くにやたらでかい穴が開いてるんだもん。

そしてその穴のすぐ近くに鎮座している、でっかい蝉の抜け殻。

この状況証拠だけ見ても犯人は明らかですねぇ。

つまり、あの蝉は地面の中に幼虫形態でいたのが、出てきて成虫形態に進化したってことか。

私のうろ覚えのにわか知識だと、蝉って幼虫の期間がすごい長いんじゃなかったっけ？

でもって、成虫の期間は短い。

果たしてこの異世界でそれが当てはまるのかどうかは謎だけど、幼虫の期間が長かったのなら、あんなサイズになるのもわからなくはない。

そんでもって、一部のスキルがやたら成長してて、それ以外がやたら低いことも。

ＳＰ消費大緩和というスキルは、いわゆる満腹度を表すＳＰ、その消費を抑える効果がある。

つまり、飲まず食わずでもある程度いられるようになるってスキル。

それだけがやたら成長してて、他がさっぱり。

ここから読み取れる奴の生態。

地面の中でずーっと、じーっとしてた。

限界が来たら土魔法を使って土中を移動し、食べ物を得てまたじーっとする。

それしか考えられん。

で、時が来たらこうして外に出てきて蝉になる、と。

魔物に歴史あり。

ステータスからそこまで読み取れてしまう。

鑑定ってなかなかにチートだと思うんだ。

しかし、それがわかったところで現状をどうするかっていうのは、また別の話なんだよな。

「ミーンミンミンミン」

あの爆音をどうにかしない限りは、迂闊に近づくこともできないし。

ふ。

しかし、私にかかればすでに対策は思いついているのだよ。

まずあの爆音、常に爆発し続けているわけじゃない。

ミーンの部分では爆発していないのだ！

ミーンで力を貯めて、その後のミンミンミンの部分で三連続爆破。

これが蝉の攻撃パターン。

つまり、ミーンの部分に合わせて突撃し、ミンミンミンの三連爆破が始まる前にそれを止めるか離脱する。

ふふふ。

いける。

いけるぞ！

あとはタイミングを見計らうだけだ。

「ミーンミンミンミン！」

よし、この次だ。

「ミーン」

今だ！

爆発が止んだその一瞬の隙をついて、蝉に向かって猛ダッシュする。

私のステータスは魔法関連が高く、次点で速度が高い。

わずかな隙でも、私の速度ならば突くことができる！

無防備になった蝉の背中に飛びつき、噛(か)みつく！

硬!?

牙(きば)は一応突き刺さったけど、根元まで貫通してはいない。

蝉の素の防御力の高さと、堅甲殻という防御力を底上げするスキルのせいで、私の攻撃力じゃ文字通り歯が立たなかったのだ。

「ミンミンミン！」

あ、やば⁉

ぐへぇ⁉

蝉の三連爆破が私を襲う。

刺さった牙がすっぽ抜け、ふっ飛ばされてしまった。

ぐうおおぅ。

ダメージくらっちゃった。

この程度じゃ死にはしないけど、ノーダメで一気に決めるつもりだったのにくらっちゃったよ。

ちょっとプライドが傷つけられた。

クソウ。許さん！

「ミーンミンミンミン！」

勝ち誇るようにまた鳴き始めた蝉。

その様子にイラっとする。

牙じゃダメだ。

あの硬い防御を突破するには、私の攻撃力じゃ足りない。

私のステータスは、実はメッチャ偏っている。

魔法関連と速度はやたら高い。

それこそさっき話した龍よりも大幅に高いくらい。

けど、それに比べて他のステータスはやたら低い。

それでもあの蟬よりかは高いくらいなんだけど、一撃で大ダメージを与えるにはちょっと心もとない。

一撃必殺はムリ。

ならば、まずはあの爆音を止めて、チクチク攻撃を重ねていくしかない。

「ミーンミンミンミン」

タイミングを見計らって。

「ミーン」

今だ！

もう一度蟬の背中に向けて猛ダッシュ。

蟬はそんな私を嘲笑うかのように、音を出している腹部を動かす。

そこだ！

私はその腹部に向けて、糸を放った。

糸が意思を持っているかのように動き、蟬の腹部を雁字搦めにする。

動きを止められ、爆音が止んだ。

はっはっは！

どうだ見たか！

爆音のない蝉なんて、ただのでっかい頑丈な的でしかないってもんよ！

……蝉？

まあ、いい。

これで蝉のまともな攻撃手段は失われた。

あとは煮るなり焼くなり好きにすればいい。

さーて、どうしてやろうか、な⁉

「ブブブブブブブブ！」

蝉は爆音を止められ焦ったのか、その羽を激しく羽ばたかせ、空に舞い上がった。

ちょ、待て！

私まだ糸と繋がってるんですけど⁉

蝉の腹部を雁字搦めにした糸は私の手に握られている。

そんでもってその糸の行きつく先は、私のお尻である。

その状態で蝉が飛び立ったら、どうなるか？

ひょえー⁉

結果、宙吊りにされた状態で空の旅に出かけることになります。

蝉の巨体がゆっくりと空を飛ぶ。

ステータスは高くても、飛翔のスキルはまだレベル１だしね。

そんなに速く飛べないらしい。

幼虫から進化したばっかで、その時に飛翔のスキルを獲得したんだろうから、そのレベルの低さも納得である。

って、こいつ飛び上がる時にションベンしたー⁉

うわ、ちょっとかかった⁉

なんてことをしてくれるんだこいつは⁉

もう怒った！

殺す！

最初っからそのつもりだったけど、もう容赦はせん！

必死こいて私から逃れようと飛び回る蝉だけど、糸でつながってる限り逃げられるわけもない。

糸を手繰り寄せてじわじわと蝉に近づいていく。

その様子に恐怖を感じたのか、蝉がしっちゃかめっちゃかに蛇行飛行する。

揺ーれーるー！

これ、乗り物に弱い人だったらすぐに酔いそう。

私には状態異常無効なんてスキルがあるから余裕だけどな！

乗り物酔いって状態異常に入るんだろうか？

ちょっと疑問。

まあ、どっちにしろ酔ってないからいっか。

さあさあ、やってまいりましたよ！

糸を伝ってようやく蝉の背中にたどり着く。

より一層激しく蝉が空中でもんどりうってるけど、その程度じゃ私は引き剥がせぬよ。

蝉の背中に張り付き、甲殻と甲殻の継ぎ目を探す。

そして見つけたそこに、牙を潜り込ませる。

甲殻が硬いなら、柔らかいところを攻めればいいじゃない。

弱点となる継ぎ目ならば、私の牙もちゃんと刺さる。

そして、刺したそこから毒を流し込む。

毒でじわじわと弱らせるとか実に蜘蛛っぽい。

と、思ったけど、私の毒はかなり強力なので、流し込んだその瞬間に蝉が力尽き、落下してしまった。

一緒に落ちたら蝉の巨体に潰されそうだったので、地面が近づいたところで糸を切り離して離脱。

シュタッと華麗に着地。

蝉は仰向けに倒れてぴくぴくと痙攣している。

ふ、勝った。

と、勝利の余韻に浸るのはまだ早い。

なぜならば、まだ蝉のＨＰは尽きてないから。

そーっと近づいてみると、蝉は最後の力を振り絞って羽を動かし、激しく動き回った。

あー、蝉爆弾だこれ。

日本でもあったなー。

死んでると思って油断して近づいたら、いきなり動き回りだすやつ。

異世界でも蝉爆弾は健在か。

瀕死（ひんし）だけど健在とはこれいかに？
やがて、蝉は毒が完全に回って、今度こそホントに力尽きた。
ふう。長く苦しい死闘だった。
邪眼とか魔法とか使わないなんて縛りをかけなければよかった。
そうすれば、ションベンかけられるなんて悲劇も回避できたのに！
後悔先に立たず。
私は一つ学びました。
そしてもう一つ。
蝉はでかくても食べられるところが少ない。
中身結構スカスカしてたし、甲殻は硬くて食えたもんじゃなかった。
あんなに苦労して倒したのに……。
蝉は見つけても放置が一番。
私はまた一つ学びました。

糸食ってる

それは衝撃の光景であった。

もしかしたらこの世界に転生してきて一番衝撃を受けたかもしれない。

それだけその光景はインパクトがあった。

だって、だって、蜘蛛が糸食ってるんだもん！

それはマザーやら魔王やらと追いかけっこをしている最中のこと。

マザーと魔王の追撃を躱しつつ、エルロー大迷宮にいるマザーの配下を減らしていた時のことだ。

私は偶然にも、グレーターータラテクトが自分で出した糸を食っている現場を目撃してしまったのだ！

私をひっかけるためなんだろう巣の糸、それをおつまみ感覚でなんか食ってたんよ。

え？　それ食えるものなの？

ってな感じで呆然としちゃったわ。

だって糸だよ？

自分で出した糸だよ？

自分のお尻から出てきたもんだよ？

言い方は悪いけど、それって排泄物じゃん。

それを食べるっていう発想が思い浮かぶわけないじゃん！

どうしてそれを食おうと思ったんだよ!?

そんなに追い詰められてたの？

それ食わなきゃ餓死するってレベルで？

イヤー、ないわー。

そりゃ自分で出したもんなんだから食べてもお腹壊すとかそういうことはないだろうけどさー。

なんていうの？　気分的にイヤじゃん。

それ食べるくらいだったら私タニシ虫食うよ？

あ、イヤ、やっぱあれは、うん。

究極の二択だな！
○んこ味のカレーとカレー味の○んこと同レベルの究極の選択！
私にはどっちも選択できません！

うーむ。

でもああやって食べてるところを目撃しちゃうと、ちょっと気にはなる。

糸って、いったいどんな味がするんだろう？

ちょっとだけ粘着力を出せば、なんか餅っぽい感じにはできる。

そう考えると結構いける？

イヤイヤ。

それでも自分のお尻から出てきたものを口に運ぶってどうなのよ？

まだ絵面的に私が蜘蛛で食べるのが糸だから許されるけどさ、これを人間に直して考えてみ？

許されないっしょ！

人間の尊厳が失われるわ！

相当マニアックな界隈(かいわい)ではそういうのもあるけど、少なくとも私は食いたいとは思わんぞ！

断固拒否するね！

食い意地の張った私でも、食いたいものとそうでないものがあるのだよ！

不味かろうが何だろうが自分で仕留めたものは自然界の掟(おきて)というか礼儀として食べる。

が、興味本位だけで食べていいものだろうか？

否、否、否あぁぁぁぁ！

やっぱダメでしょ。

ホントに死ぬほどお腹が減ってる状態で、それしか食うものがないって状況ならいざ知らず、興味があるってだけで自分の糸食うってやばいでしょ。

糸と言わずに排泄物って言いかえるとそのやばさがわかるってもんよ。

味云々の前に倫理的にやっちゃいけん。

ダメなものはダメなんです。

それこそが蜘蛛の品格なのです。

あ、グレータータラテクトは普通に食ってたから、蜘蛛の品格というか私の品格ということで。

うん。食べない。食べないよー。

食べないって心の中で繰り返してるのに、何で私の目の前にはいい感じの長さにカットされた糸があるのかな？

長さと太さ、形状的にパッと見マシュマロみたいに見える一口サイズのやつが。

なんでだろうなー？

食べないよー。食べないったら。

ああ、でもでも、ホントにマシュマロみたいで美味しそうに見えてしまう！

食べない、食べな、食べ、食……。

モグモグ。

うん。何の味もしねー。

プレーンですね、プレーン。

味がしないんだから美味しくも不味くもないけど、これ、ものすごく食べ物を食べてるって気にならない。

なんだろ、味のないガムを噛んでる感じに近い？

飲み込めるからそれともなんか違うけど、心情的には近いものがある。

何のために食ってんのかわからん。

これで栄養ちゃんと補給できてんの？

鑑定してみたら一応ＳＰは回復してた。

けど、そもそも糸出すのにＳＰ消費してるから、出した分を元に戻しただけな気がする。

なんていう徒労感。もう二度とやらん。

やっぱり自分で出したものを自分で食べるとか間違ってる。

うん。そんなよく考えなくてもわかることを再認識したわ。

身体能力検証

アラクネになったぞ！

念願のアラクネになって、蜘蛛型の下半身の上に人型が生えたわけだけど、動作確認はちゃんとしておかないといけない。

なんせ今までと形状が全く異なってるんだから。

今までと同じように動こうとしてもうまくいかないかもしれない。

だっていうのにぶっつけ本番でポティマスみたいなアホ強いのとやっちゃったからね。

あれはホントに危なかった。

というわけで、今日はアラクネとしての身体能力の検証をしていこうと思う。

まあ、ポティマス相手に問題なく立ち回れてたし、大丈夫だとは思うんだけどね。

念には念を入れて、しっかりと本気モードでの戦闘を想定した動きを体に覚えさせておかないと。

では、まずは百メートル走、行ってみよう。

位置について、よーい、ドンッ！

ドンッ、ていうよりかはドガンッ、って感じで発射した私の体が、一瞬で目測百メートルを走破する。

うむ。私の速度のステータスのアホさ加減がよくわかる。

そんでもって、腰が痛くなった。

人型が風圧で後ろに倒されて、その拍子に腰をやっちゃったのだ。

気分は背もたれのないジェットコースターに乗せられて、いきなり最高速度出された感じ。

おー、痛。

これは想定外だわ。

ポティマスと戦っていた時にはこんなことにはならんかったのに。

あ、イヤ、待てよ。

ポティマスと戦った時は謎結界のせいでステータス下がってたんだった。

ああ、常識の範囲内の速度だったから普通に耐えられたわけか。

けど、最高速度を出すとこうなると。

むむむ。

これは由々しき事態だぞ。

トップスピードを出すたびに腰痛めなきゃならんとか。

もう一度走ってみよう。

さっきは油断してたからああなったんだ。

今度はしっかりと心構えをしたうえで走ろう。

うなれ我が腹筋背筋！

ちなみに前世の私は腹筋も背筋もほとんどできなかった！

腕立て伏せ？

一回もできませんでしたが、なにか？

とにかく今度は踏ん張る感じで人型に力を入れて走る。

人型に風圧の壁がぶつかるが、さっきみたいにのけぞることなく走り抜けることに成功した。

ふむふむ。しっかりと力を入れていれば問題なさそうだ。

しかし、アラクネの半人半蜘蛛の体だと、蜘蛛の時とも人間の時とも走る感覚が違う。

ちゃんと検証しておいてよかったー。

これでぶっつけ本番でトップスピード出してたら、下手すりゃ自爆してたかもしれん。

ポティマスと戦った時はたまたまうまくいっただけだったわけだ。

ホントに危なかったんだな。

怖い怖い。

それにしても、ただ直線で走るだけでこれだ。

ジグザグ走行とか、右折左折、反転とかを組み込んだら一体どうなるんだ？

これも検証しなきゃダメだな。

ということで、一通りやってみた。

結果、やっぱりというべきか、心構えを事前にしていないと人型が右に左に振られて大変なことになるということがわかった。

感覚的には自分の足で走るっていうよりかは、バイクとかに乗ってるのに近いかもしれない。

私バイクに乗ったことないから想像でしかないけど。

蜘蛛型という乗り物に乗ってる感覚か。

蜘蛛とも人間とも違う、アラクネとしての走り方の感覚を掴(つか)んでいく。

いい感じいい感じ。

大体コツは掴んだ。

これなら実戦でもちゃんとトップスピードで動き回って問題なさそう。

ついでに走りながら前足の鎌を振って、攻撃の練習もしておく。

さらに人型でパンチを繰り出す練習。

しかし、私のパンチはヘロッとした感じだ。

ううむ。腰がなってない。

私の豊富なマンガゲーム知識によると、パンチの威力というのは足腰が重要なのだそうだ。

腕の力だけで突き出しても大した威力にはならない。

私のパンチはステータスのおかげでそれなりの威力が出ていそうだけど、やっぱりなんかヘロッとしてんだよなー。

素人感丸出しのパンチだわ。

しかし、アラクネの体で腰を入れたパンチって、どうやってやるんだ？

……これぱっかりはマンガゲーム知識にも載ってないぞ。

むー。自分で何とかいい感じの腰の入れ方を研究するか。

アラクネの体じゃ、人間と同じような動きをしてもやっぱ違うし。

走るだけであれだったんだもんなあ。

検証は有意義に終わったけど、アラクネの体を使いこなすのは一朝一夕ではうまくいかないとわかったわ。

ブレス

神龍力はその名の通り龍の力の一部を使用可能とするスキルだ。

MPとSPを消費して発動し、その間ステータスが上昇する他、敵の魔法の効果を減少させる。

龍が持つ鱗(うろこ)系列の魔法阻害効果の劣化版みたいな力があるわけだ。

これによりもともとアホみたいに高い私の魔法防御力は、さらにどうしようもないってレベルになる。

まあ、それは置いておく。

神龍力にはそれ以外にも効果がある。

それが、ブレスを撃てるようになるってもの。

ブレス、あの口から火とか噴いたりする龍の代表的な攻撃方法。

かつて地龍アラバが私のマイホームをブレスで吹っ飛ばしたことからも、その威力がわかるってもんよ。

まあ、神龍力で撃てるようになるブレスはあくまでも龍の劣化版なんだけどね。

ただ、ブレスの威力は本人のステータスに影響されるし、今の私のステータスならそこいらの龍よりもよっぽどすごい威力のブレスが吐ける。

で、吐き出すブレスの属性は術者の最も得意とする属性で固定されるらしい。

私の場合は闇属性。

絵面的になんか黒い波動みたいなものを吐き出してる感じになる。

前までは別にそれは気にならなかった。

というか、今でも気にはならない。

蜘蛛型でブレスを吐けば。

そう、ブレスを吐くのは口から。

そしてアラクネである私には二つの口がある。

すなわち、人型の口と蜘蛛型の口。

蜘蛛型の口でブレスを吐くのは違和感がない。

もともとモンスターモンスターしてる外見の蜘蛛型から、ゴパアッ！　て感じで黒いブレスが飛び出してもそんな変じゃないさ。

ただ、これを人型でやるとどうなるか？

まずブレスを吐くために大口を開ける必要がある。

この時点で美しくない。

だけど、さらに本気でブレスを吐くと反動が半端ないので、踏ん張る必要が出てくる。

蜘蛛型であれば八本ある足で踏ん張ればそれでいい。

けど、その上に生えている人型だと、踏ん張るためには変なポーズを取らなければならなくなる。

背もたれのない椅子に座った状態で、頭を後ろに引っ張られるのを上半身の力だけで抵抗しなきゃいけない、みたいな感じ。

実に美しくない。

そんな美しくない状態でゴハアッ！　てな感じでブレスを吐くわけだ。

文字通り吐くわけだ。

吐くんだよ？

蜘蛛型ならいいさ。

モンスターがブレス吐く姿はむしろかっこよくない？

けど、それを人間がやるとどうなるか？

途端にかっこ悪くなる！

あの有名な格ゲーの手足が伸びるキャラを思い出してもらえば、そのかっこ悪さがわかるんじゃなかろうか。
○ガファイア！　○ガフレイム！
あんな感じで、この私が、ブレスを吐く！

美しくない。非常に美しくない！

最初は口が二つあるんだからダブルでブレスとかできるじゃーん、って感じで浮かれてたけど、いざ実際に試してみるとその絵面の酷さが半端ない！

鏡を見ながらやったわけじゃないから、客観的にその光景を目にすることはないけど、見てなくてもわかることっていうのはある。

これはいかんと。

というわけで、今後人型でブレスを吐くのは禁止だ。

私だって生物分類学上はれっきとした女。

なけなしの美意識くらいはある。

人型でブレスを吐く姿はその美意識からするとアウトである。

それをやらなきゃやばいって状況になればやるけど、そもそもブレス以外にも私には攻撃手段が山ほどある。

口しか動かせないっていう限定的な状況ならまあ選択肢に上らないでもないけど、頭さえ無事なら魔法は発動できるしなあ。

わざわざブレスを選択しなくてもいい。

ダブルブレスはそれなりに威力はあるけど、それだって他の手段で代用できるし。

うん。使う機会はほぼないな。

ほぼであって、完全に、ではないのが悩みどころだけど。

相手の意表を突くために使うとか。

その場合、私の美しくない姿を相手に見せることになるけど、仕方がない。

確実に葬れば目撃者はいなくなる。

この技は危険だ。

使ったら最後、それを見たものは確実に殺さなければならない。

禁断の技。

人型によるブレス。

なんと恐ろしい技よ。

味覚

アラクネになって初めて知ったことだけど、私の味覚はどうやら変だったらしい。

というのも、蜘蛛型と人型では味覚の感じ方が違うのだ。

蜘蛛型でそれまで平気で食べてた魔物の生肉なんかを人型で食べると、不味い。

イヤ、まあ、蜘蛛型で食べても不味いもんは不味いんだけどさあ。

蜘蛛型でならその不味さも我慢できるけど、人型で食べるとそうもいかない。

ある程度までなら我慢できなくもないけど、毒持ちだとかの特に不味い魔物の肉になるともうダメ。

吐きそうになる。

ていうか吐いた。

お馴染(なじ)みのエルロー大迷宮でとれる蛙。

あれを人型で食べたら普通に吐いた。

イヤ、だって、あれは吐くって。

まず苦い。

毒持ちの魔物は大体みんな苦いんだけど、毒の強さによって苦さが増していく。

蛙なんて毒持ちの魔物の中じゃ最弱の部類だし、持ってる毒も大したことがないから苦さもそこまでじゃない。

なのに、人型の舌が感じ取ったのは強烈な苦さだった。

しかも、臭い。

まあ、考えてみれば当たり前だけど、生の蛙の肉だもんよ。

そりゃ、両生類チックな臭さがあるのも当たり前だよね。

そして、ぬめる。

そりゃ、蛙だもんよ。

ぬめっててもしょうがないよね。

結論、クッソ不味い。

今までこんなもん平気で食ってたのかと思うとものすごい衝撃的だったわ。

けど、思わず吐いちゃってから改めて蜘蛛（くも）型で食ってみると、あら不思議。

普通に食える。

不味いは不味いけど、ムリってほどじゃない。

このことから、人型と蜘蛛型では味覚に差があり、人型が人間と同じ味覚なのに対して、蜘蛛型は蜘蛛と同じ味覚なんじゃないかと予想してる。

て言っても、蜘蛛に味覚があるのかは知らんからあくまでも予想でしかないんだけどね。

蜘蛛型の味覚は生の魔物肉でも食せるように、ある程度不味いものに耐性があるんでしょう。

……それじゃあ蜘蛛型ですら死ぬほど不味いと感じたタニシ虫を人型で食ったらどうなるんだろう？

ダメだ。

それはいくらなんでも危険すぎる。

ちょっとした好奇心で命を脅かしちゃいけないね、うん。

まあ、不味いものを食う必要はない。

昔と違って今はわざわざ不味い魔物を食う必要はないのだ！

じゃあ蛙なんか食うなよってツッコミは受け付けない。

逆に蜘蛛型で美味いと感じたものを人型で食うとどうなるか？

たとえば中層のナマズ。

私の蜘蛛生で初めて美味いと感じたものだけど、不思議なことに人型で食べるとそうでもない。

そうでもないっていうか、正直言ってそんな美味しくない。

けど、蜘蛛型で食うと美味しく感じる不思議。

人型と蜘蛛型でこうまで味覚に違いがあるっていうのは驚きだ。

どっちも同じ私の体なのにね。

基本、人間が食べるような料理は人型で食べたほうが美味しく感じる。

蜘蛛型でも美味しいっちゃ美味しく食べられるんだけど、どうにも調味料なんかの味付けがしてあると濃く感じちゃう。

何の味付けもしてない魔物の肉で慣れちゃってるからね。

精進料理に慣れた人にジャンクフード食わせる感じ？

それはまたちょっと違うか。

まあ、人型は人間食で、蜘蛛型は魔物食って感じで分ければ問題ない。

ただ、どっちでも美味しく感じる例外が存在する。

それが、甘味。

甘いものは人型だろうが蜘蛛型だろうが等しく同じように美味しく感じる。

この世界の甘味というと、果物だ。

チョコとかそういうのはない。

探せばあるのかもしれないけど、土地神ブームの時に献上された甘味の中にそういうのはなかった。

みんな果物。

そのどれもが美味しかった。

やっぱ世界が違うからか、見慣れたリンゴだとかミカンだとかそういうのはなかったけど、逆にどんな味がするのかワクワクしながら食べてたわ。

ぶっちゃけ果物の美味しさだけならこっちの世界のほうが地球よりも上かもしれない。

地球の果物だって品種改良されて相当美味しいはずなんだけど、こっちの果物はそれと同等以上。

こっちの世界に生まれてよかったと思える唯一のことかもしれないね。

思わずバクバク食べちゃうわ。

……糖尿病が心配になるな。

ちょっと気を付けよう。

馬場翁 一問一答インタビュー その1

このコーナーは『蜘蛛ですが、なにか？』著者・馬場翁先生に、作品についてや裏話を聞いてみるコーナーです。まずは本作品のメインになる、主人公や作品作りについて聞いてみましょう。

世界観や設定、そういう枠組みを
決めてから、流れを考えていきました。

担当編集（以下、担当）：最初はこの質問でしょう！ なぜ主人公を蜘蛛にしたんですか？

馬場翁先生（以下、馬場）：よく聞かれますが、特に蜘蛛に思い入れやこだわりがあったわけじゃないんですよね。書き始める日の夜たまたま夢に蜘蛛が出てきて、蜘蛛にしようと決まりました。

担当：ストーリーの終着点は、書き始めた頃から決まっていましたか？

馬場：決めていました。全部逆算して作っていったんですよね。最初に終着点があって、それに向かうための要素はこれ、じゃあ始発はここだなっていう感じで。世界観や設定、そういう枠組みを決めてから、流れを考えていきました。

担当：世界観や設定が先に出来ているとしたら、群像劇や三人称視点の書き方になる可能性もあったかと思いますが、あえて一人称にしたのは意図があるんですか？

馬場：一人称、主人公視点にすることで、読者にも主人公と一緒に世界観の謎を知っていって欲しいという意図がありました。読者が主人公と同じ目線で徐々に情報を得ていくほうが、リアリティがあるかなと思いまして。でも、さすがに蜘蛛子（「私」）だけでは世界観や設定を見せられなくて、シュン君視点が生まれたんです。なんせ、蜘蛛子は最初、ずっと暗い迷宮内で魔物とバトルしてますから……世界の謎も設定も見せられないですよね……。

担当：あ、じゃあ、クラスメイトが全員転生するというのは最初から考えていたことじゃなくて、蜘蛛子のフォローのために生まれたんですか？

馬場：はい。世界観と終着点を決める↓視点となる蜘蛛子で物語を見せていく↓他視点がないと説明が仕切れないとなり、結果↓クラス全員転生させちゃえ～という流れになりました。

モンスター名、キャラ名について

担当：ユニークなモンスター名やキャラ名が多いと思うのですが、なにをもとにして決めているんでしょう？

馬場：モンスターは基本、音で決めていますね。思いついた名前で検索してみて、他作品で使っていなかったら決定、という感じです。キャラ名に関しては本当に適当です。

主人公「私」について

担当：主人公の「私」はすごく前向きで、負けず嫌いで、ついつい応援したくなるキャラになっていますが、このキャラは実在する誰かや他作品のキャラを参考にしてキャラメイクをしたんですか？

馬場：ないですね。ノリでガーッと書けるように、書きやすいように、と考えるとあのキャラになりました。あのノリを維持しないと、世界観やシチュエーションがダークだからこそ、読んでいるとキツいものがあるので……。生まれた瞬間に蜘蛛屋敷、生きるか死ぬかのサバイバルで、自分も蜘蛛で……となると相当ハードな状況じゃないですか。あの蜘蛛子のノリじゃないと、すっごくシリアスで重たくなっちゃうんです。

担当：主人公は、ノリが良いだけじゃなくてすごく好かれるというか、応援したくなるキャラに仕上がっていると思うんです。結構酷いことしていたり、薄情だな！　と思うことをしていても好感が保てているなぁって。

馬場：歯に衣着せないキャラだからでしょうかね？　モノローグでずっと思ったことをそのまま吐き出しているので、わかりやすいのがいいのかな。この主人公が考えていることが合わないなって思う読者がいたとしても、そこに至るまでの思考が明確に見えているから納得できる。だから考えの違いはあったとしても、「なんでこいつこんなことするんだ」っていうストレスがないのがよかったのかもしれないです。

執筆について

担当：序盤はずっと「私」は迷宮内でバトルをしていますが、書いていて、「このシーンが一番書いていて楽しかった」「書き甲斐があった」シーンはどこでしょう？

馬場：バトルに限定すると、書き甲斐があったのはアラバ戦ですかね。迷宮内のバトルの集大成みたいなところがあったので。実を言うとアラバ戦以外はほぼ遭遇戦で、蜘蛛子が自分から戦いに挑むのはアラバだけなんですよ。

担当：たしかに！　いつも襲われて四苦八苦していたイメージです。

馬場：なので、自分から戦いを挑みにいったという意味でも、意味のあるバトルでした。迷宮の外に出てからも基本は遭遇戦ですからね～。

担当：マザーに追われたり、魔王に見つかったり、吹っ飛ばされたり……。

馬場：ポッティ（ポティマス）に絡まれたり……（笑）

担当：バトルシーン以外だとどうですか？

馬場：並列意思たちのコメディなやり取りは書いていて楽しかったですね。ノリツッコみ。でも一人、っていう。

担当：あそこからすごく脳内は賑やかになりましたもんね。そういえば、並列意思ってなんで作ろうと思ったんですか？

馬場：ノリ……かな？　同時思考が出来るというスキルは普通に思いついたんですが、このスキルが進化したらどうなるんだろうって考えたときに、「意思が増える……面白そうじゃない？」みたいな。一人二役？　めっちゃシュールじゃん！　って思いまして。結果、一人四役まで増えました。

担当：賑やかで楽しいけど、書くのは大変そう（笑）

担当：では逆に、迷宮内で「書くのが大変だった」シーンはありますか？

馬場：特にはないかなぁ……。まぁでも、バトルは大半のシーンは大変ですよ。

担当：このバトルはすごく苦労して、たくさん書き直したなぁ難産だったなぁというのは？

馬場：迷宮内のバトルは基本書き直したことないですね。

担当：え！　すごい！　それは、このバトルではこういう目的を達成させるというのが明確だったからですかね？

馬場：逆ですね。迷宮内のバトルは実は、これをやるっていう目的がなかったので、書くのも行き当たりばったりだったんですよね。だから臨場感があったのかな。

担当：蜘蛛子と同じ気持ちになって、どうやって攻略しようか考えながら執筆していたってことですか。

馬場：そうなんです。で、そんな書き方をしていたものですから、困ったのは……猿戦ですね。こんなん出しちゃって、どうやってこいつ攻略するの？　って自分で悩みました。

担当：行き当たりばったりすぎる！（笑）　このままじゃデッドエンドになってしまう〜！　って思いながら書いてたんですか？

馬場：そうそう、「やばい！　このままでは蜘蛛子が死んでしまう！　なんとかしなければ！　活路を見つけなければ！」という感じで書いてました。ニコ静のコメントで「こいつ、いつも死にかけてんな」ってコメントがあって、自分でも「それな」って思いました（笑）

思い入れのある魔物

担当：迷宮の魔物達の中で、一番思い入れがあるのはどの魔物ですか？

馬場：やっぱりアラバですかねぇ。

担当：そういえば、アラバの最期ってどうしてああいう終わりになったんですか？　成り上がり系の物語だと、力をどんどん蓄えた主人公がラスボスに勝って気持ちいい！　という造りが多いような気がしますけど、アラバ戦は違いましたよね。

馬場：「勝つ＝勝利」じゃないというメッセージを埋め込みたかったというのもあります。

担当：勝利じゃない、というのは？

馬場：アラバに勝ちたいっていうのは完全に蜘蛛子の私情であって、あのバトルにアラバの私情は一切無いんですよね。蜘蛛子はアラバを倒してトラウマを克服出来たけど、その勝利は俯瞰で見ると、どういう意味があるんだろうということは考えました。それと、普通にあそこでアラバというトラウマを倒して乗り越えたとして、じゃあアラバは蜘蛛子が喜ぶためだけのハードルだったのか？　っていう引っかかりがあったんです。そうじゃなくて、アラバにはアラバの生き方があるはず。だから、蜘蛛子が気持ち良い思いをするためのハードルや装置として使いたくなかった。

担当：今になってみればですが、普通にあそこで勝っていたら物足りなかったかもしれないです。

馬場：アラバとの戦いがあったからこそ今後の蜘蛛子が生きるっていう、蜘蛛子にとっての「意味のある戦い」にしたかったのもあります。この先迷宮を出て、色んな強敵と戦っていくなかで、アラバという存在が霞んでしまうのではないかなと思って。アラバとの戦いがあったからこそ、現在の蜘蛛子になっている。アラバの武士のような生き様が、蜘蛛子の考え方に影響を与えたのは確実で、だからこそアラバが印象に残るキャラになっているんじゃないかなと思います。

ゲーム的な設定について

担当：スキルや称号がすごくたくさんあるのですが、馬場先生はどうやってそれらを管理しているのでしょうか？

馬場：基本的には最初は思いつきです。こういうスキルがあったら面白そう〜、こういう効果があって〜って考えるのは楽しかったです。で、増やして増やして増やして……ある程度増えたらその上位の称号をつくったりして……で、管理しきれなくなって（笑）

担当：ですよね（笑）

馬場：蜘蛛子が神化した理由は、ステータス表記を無くすためとも言えます！（笑）　最初はノリノリだったんですけどね……途中から「またレベルがあがってしまった！　計算式はええと……！」とこんがらがってきて大変でした。細かいスキルとかステータスはやめましょう（笑）　スキルとかステータスとかがっちり作った小説を書こうと思っている人には、「待て待て大変なことになるぞ」と教えてあげたいです。

担当：「私」が作中でも言っていましたが、ゲームみたいな世界……ゲーム的な設定が多いですよね。スキルなどの設定づくりにおいて、参考にしたり、影響を受けているものはありますか？

馬場：影響を受けたのはゲームよりも、なろう小説なんです。もちろんゲームの影響もありますよ。SPはモンハンのスタミナゲージ参考にしてます。

担当：そうなんですか！　馬場先生、ゲームお好きっておっしゃっていたのでてっきりゲームなんだと思っていました。

馬場：書き始めた当時のなろうの流行が、ステータスありの異世界転生ものだったんですよ。転スラとかもそうですよね。

担当：じゃあ当時流行っ

ていたなろう小説に影響されて、ステータスありの異世界転生ものをやろうと思い立ったんですね。

馬場：ステータス系の小説を読んでいくうちに、一番気になったのは、「これはどうやって終わるんだ?」ということでした。ラスボスって誰なの? っていう疑問ですね。で、当時の小説はラスボス=神様が多かったんです。上げきったステータスとスキルで神様に挑む! みたいな。でも、そこで引っかかったのが、ステータスとかスキルってそもそも神様の管轄だよなということで。「神様が作ったもので神様に挑んで勝てるの?」と疑問に思ったり、「そもそも神様、なんでステータスとかスキルなんか作ったの?」と不思議に思ったのが、『蜘蛛ですが、なにか?』の始まりかもしれないです。

登場種族の特徴について

担当：この作品を読んだときに、魔族が外見的特徴がない(人族と見た目は同じ)というところが意外だなと思ったのですが、なにか理由があったのでしょうか?

馬場：設定的な理由があって、外見的特徴は作っちゃいけなかったんですよね。その辺も小説で詳しく明かされます。お楽しみに!

担当：エルフが悪者ポジションというのも新鮮でした。だいたい、自然を愛し、清廉な美しい種族という描かれ方をすることが多かったので。この悪者ポジションにエルフを選んだのは理由がありますか? エルフじゃなくてドワーフでもよかったわけですし。

馬場：エルフだからっていうよりかは、普段主人公の味方ポジションで描かれることが多い種族にしようという理由でした。なのでここはエルフを悪者にしたかったという意図ではなく、悪役としての意外性を狙った結果エルフになった形です。どちらかと言うと、味方ポジションで出てくる作品が多いので。こんなエルフは嫌だ~的な。

担当：逆張りってやつですね。

馬場：『蜘蛛ですが、なにか?』に関しては逆張りの見せ方が多いので、そこは狙ってやっていたところが大きいです。他作品と区別しようっていうよりかは、意外性があったほうが面白いじゃんっていう天邪鬼な気持ちからですね。

担当：たしかに、この作品は「え! そうなの!?」とビックリするトリックや設定が多いです。

馬場：最初のほうの逆張り「鑑定」は上手くいったとは思っています。普通だったらチートスキルまっしぐらな筈なのに、鑑定結果は「石」「壁」っていうゴミスキル。

担当：あれショックでしたよね~。蜘蛛子の絶望をリアルに感じました(笑)

ボツ設定などについて

担当：この後紹介されますが、他転生者達の設定もすごく作り込まれていますよね。本当はこういう出し方をさせたかったけど、ボツネタになってしまったキャラや設定、ストーリーなどはありますか?

馬場：一番かわいそうなことしたなと思うのは、ユーリです。当初の想定だと、シュンのパーティーは、「こんなハーレムパーティーは嫌だパーティー」だったんですよ。なんか隠してる風な先生(フィリメス)、ヤンデレ妹(スー)、TS元親友(カティア)、過激派信徒の元クラスメイト(ユーリ)というメンバーの。

担当：すごくやばいパーティーだ。

馬場：思ったよりもシュン君サイドの話がシリアスになってしまったので、こんなハーレムパーティーは嫌だ! を見せる暇がなかったです。逆に、「こんな男所帯パーティーは嫌だ!」の案もあって。オリザ先生とかパルトン、学園で固有名詞が出ているキャラは、シュンのパーティー候補だったんですよ。オリザ先生はなし崩し的にシュンの仲間になってしまい、なんでこんなことに……と言いながらついてくとか、パルトンが「シュレイン様のために!」と目を輝かせながら頑張る(けどよくやられる)とか、そこにバスガスさん、ハイリンスとかが加わり、男しかいねぇ! みたいなパーティーの未来もあったんですが、華がなくてやめました。

担当：2人ただのおっさんですしね(笑)

馬場：そう、暑苦しいおっさん(バスガスさん)と、なよっとやる気がないおっさん（オリザ先生）。それと、カティアがヒロイン力ここまで高くなると思っていなかったので、それも誤算でした。最初は親友のシュンを「やばいことに巻き込まれてんな、大変だな」って見守る役くらいの想定だったんですけど、いつのまにかシュンに惚れちゃったんですよね〜。予想以上にぐいぐい行くタイプになっちゃって。こういうのを、キャラが勝手に動き出すっていうんでしょうね〜。おやおや？　行くねえ君、みたいな（笑）

担当：じゃあカティアじゃない女子がヒロインポジションになる未来もあったんですか？

馬場：カティアがヒロイン力をここまで上げなければ、ユーリがシュンに一番寄り添うポジションになる予定でした。ヒロインとまではいかなくても、もっとキャラとしても女子としてもアピールする場はあったんじゃないかなと思います。目をグルグルさせながら「神言教に入ろ！（♡）」と迫ってくる感じで。そのぐいぐいを存分に発揮する前にフェードアウトしてしまったので、かわいそうなことをしたなぁと思っています。出番が少ないからこそ、「こいつやべぇ」感が出し切れなかったなっていう気持ちはありますね。もっと見せ場があってもよかったかな〜という意味でも、ヒロイン枠から脱落してしまったのも、かわいそうなことしちゃったなと思っています。

ありがとうございました。設定については聞けば聞くほど「なるほど」「そんな意図が!?」など発見が多くてもっと聞きたいところですが……。次は、色々な「もしも」の質問をしてみようと思います！

担当：もし「私」と同じように蜘蛛に転生してしまって、生まれた瞬間に周りが蜘蛛だらけだったら。馬場先生ならどういう行動・反応をされますか？

馬場：反応できないでしょうね！　無理ですよ！　はえ〜〜ってなってるうちに喰われて終わり、ＹＯＵ　ＤＥＡＤですよね。間違いない。即行で死ぬ未来しかない。

担当：もし本作の世界の登場人物の一人に転生できるとしたら、誰になりたいですか？　魔物でもいいですよ。

馬場：え〜誰にもなりたくないなぁ〜。もし転生しちゃったら……モブがいいな。だってみんな色々大変な目に遭うんですもん。

担当：私、草間くんポジションならいいなって思いますよ。

馬場：草間くんはたしかに一番楽なポジションにいますね。他はみんな激動の人生か、エルフの里で軟禁されてるかなので。

担当：もし本作中のスキルを１つ取得できるとしたら、どのスキルが欲しいですか？

馬場：悩んだ末に、睡眠無効ですかね。睡眠時間を長く取らないと活動できないタイプなので、なんとか睡眠時間を削って動けるようになりたいな〜って。

担当：社畜の考え！（笑）

続きは１３６Ｐへ

基本的には最初は思いつきです。

Kumo desuga nanika?

蜘蛛ですが、なにか？

Kumo desuga,nanika?
Extra

学 園

Academy

Extra

シュン

(シュレイン・ザガン・アナレイト)

Schlain Zagan Analeit

転生者、山田俊輔の生まれ変わり。アナレイト王国の第四王子。母は側妃の一人だが、産後の肥立ちが悪く儚くなられている。同母兄に第二王子で勇者のユリウスがいる。その複雑な生まれから王族としての教育は受けられなかったが、前世の記憶をもとに自己鍛錬に励んだ結果、天才と呼ばれる。そのせいで本人のあずかり知らぬところで王位争いに巻き込まれることになる。しかし、それすらも些事という、世界の大きなうねりに巻き込まれていくことになる。

「いつかきっと、ユリウス兄様の背中を守れるくらいになる。それが、俺の目標だ」

— シュレイン・ザガン・アナレイト —

▶Personal Data

前世の名前	山田俊輔	読み方	やまだしゅんすけ
得意技	両手剣、水魔法、光魔法		
好きなもの	ユリウス兄様、スキル上げ		
嫌いなもの	命のやり取り、犯罪		
固有スキル	天の加護		

天の加護に守られる。あらゆる状況で自身の望む結果が得られやすくなる

シュン(転生前イメージ)
転生後よりもさらに凡庸な
感じが強いといいなあと

髪中心
こういう3層のイメージです
マント
まんなか長い系
シュン
学生服男子
ヨコ
むこうずねと
別パーツ
ここからまがります
シュン
ちょっとつかみかねています
ユリウスの真似+子供っぽさが
抜けないイメージ
マント下
剣ベルト
1.4枚

カティア

（カルナティア・セリ・アナバルド）

Karnatia Seri Anabald

転生者、大島叶多の生まれ変わり。アナレイト王国の大貴族、アナバルド公爵家の一人娘。男だった前世のことを知る他の転生者相手には男言葉で喋るが、普段は令嬢然とした喋り方をする。猫を被るのがうまいのは前世から。しかし、転生してから女子として過ごすうちにどちらが被っている猫なのか自身ですらわからなくなっていく。最終的に女子としてシュンのことが好きだと自覚してからは、男口調のほうが猫になっている。

▶Personal Data

前世の名前 大島叶多　読み方 おおしまかなた

得意技 細剣、火魔法

好きなもの シュン、アクセ選び

嫌いなもの ユーゴー、シュン以外の男からの視線

固有スキル 転換

スキルをポイントに還元することができるスキル。

いわゆるスキルの取り直しが可能。ただし、ポイントへの還元率は100%ではないため、使えば使うほど損をする。カティアはそれを知って一度もこのスキルを使っていない。

「ほーん。シュンは俺のことをそういうふうに見てるのかー。ふーん」

（学生服 女子）

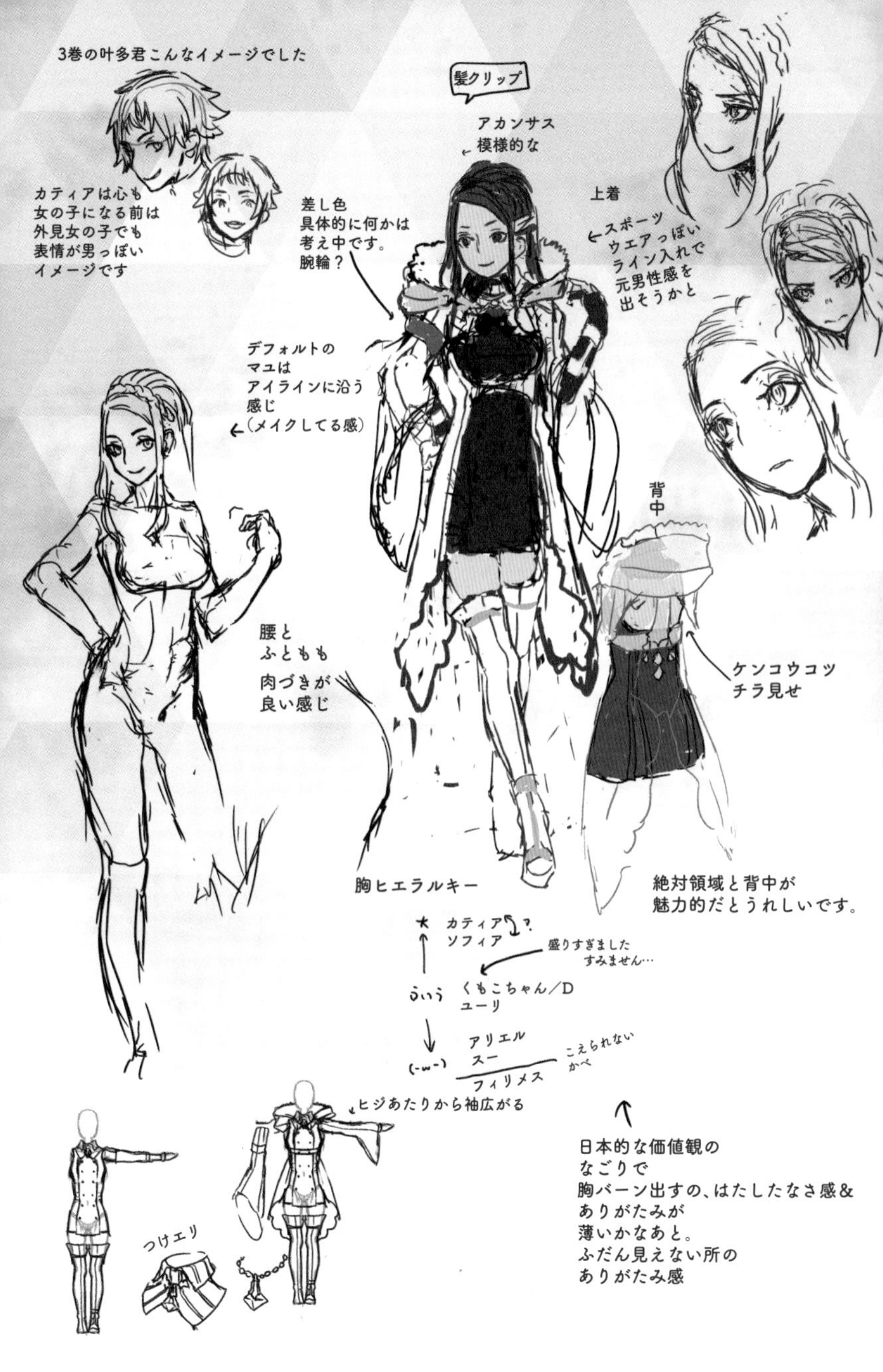
3巻の叶多君こんなイメージでした
カティアは心も
女の子になる前は
外見女の子でも
表情が男っぽい
イメージです
髪クリップ
アカンサス
模様的な
差し色
具体的に何かは
考え中です。
腕輪？
上着
スポーツ
ウエアっぽい
ライン入れで
元男性感を
出そうかと
デフォルトの
マユは
アイラインに沿う
感じ
（メイクしてる感）
背
中
腰と
ふともも
肉づきが
良い感じ
ケンコウコツ
チラ見せ
胸ヒエラルキー
絶対領域と背中が
魅力的だとうれしいです。
カティア
ソフィア
盛りすぎました
すみません…
ふいう
くもこちゃん／D
ユーリ
アリエル
スー
(-ω-)
フィリメス
こえられない
かべ
ヒジあたりから袖広がる
つけエリ
日本的な価値観の
なごりで
胸バーン出すの、はたしたなさ感&
ありがたみが
薄いかなあと。
ふだん見えない所の
ありがたみ感

フェイ
（フェイルーン）
Feirune

転生者、漆原美麗の生まれ変わり。人間ではなくなぜか地竜に生まれ変わる。エルロー大迷宮で生み落とされた地竜の卵が、冒険者によって持ち出され、巡り巡ってシュンのもとに送られそこで孵化した。本来ならば母竜から魔力を受け取って孵化するところ、その供給がなかったために他の転生者よりもだいぶ遅れて生まれてくることになった。シュンの使い魔として行動を共にしている。

▶Personal Data

前世の名前	漆原美麗	読み方	しのはらみれい
得意技	かみつき、ブレス		
好きなもの	面白そうな事全般		
嫌いなもの	つまらなそうな事全般		

豆知識
フェイルーンという名前は、シュンが前世で遊んでいたオンラインゲームのフィールド名からとっている

固有スキル 地竜
ユニークスキルでも何でもない、地竜種なら必ず持っているスキル。

魔物だから成長は早いのでつり合いはとれている、のか？　たぶんどっかの邪神の意趣返し。

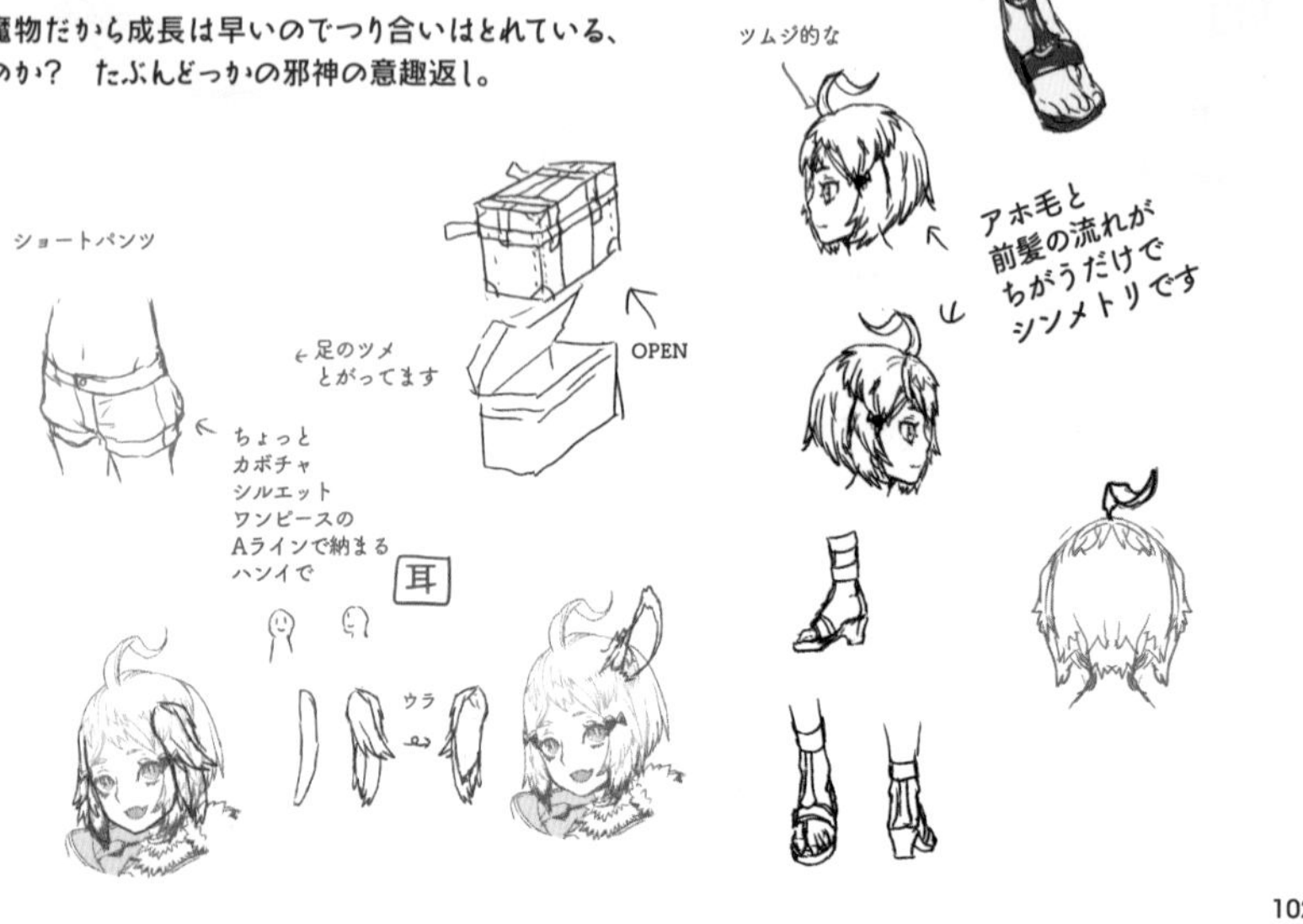

「やっぱあたしってば輝いてるぅー！よっ！美少女！」

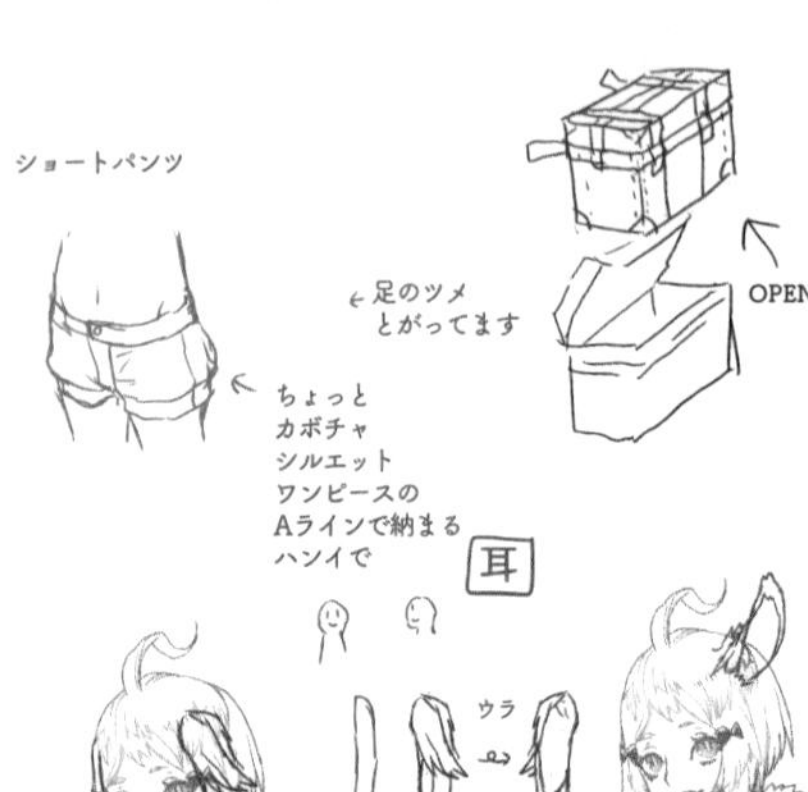

ツムジ的な

アホ毛と
前髪の流れが
ちがうだけで
シンメトリです

フェイ（進化前）
オシリ（パース強め）
このあたりのちがいで
オスメスが分かる系
おなかと
背中の点
ウロコの
表現です
五指
耳のウラ
髪に見せつつ
もふもふタレ耳
白タテナガ
瞳孔
手足ツメ
水着修正版
モフモフ
生えてる
リング状に
ところどころ
ウロコ
ハネの
モヨウは
竜時ベース
です

ユーゴー

(ユーゴー・バン・レングザンド)

Hugo Baint Renxandt

「まさに俺のためだけにあるような世界じゃねーか」

転生者、夏目健吾の生まれ変わり。レングザンド帝国の王子。父はレングザンド帝国の王、剣帝。しかし、絶大な影響力を持っていた先代剣帝が突然雲隠れしてしまったため、帝国の権力バランスは崩れており、その余波を大いに受けてしまっている。ユーゴーを傀儡にしようとする貴族に囲われていたため、性格が歪み、いつしか現実逃避気味になり尊大な態度をとるようになっていった。

▶Personal Data

前世の名前	夏目健吾	読み方	なつめけんご
得意技	洗脳、両手剣		
好きなもの	弱者をいたぶること		
嫌いなもの	言うことを聞かない奴		

固有スキル　帝王

スキルの効果を高める。また、威圧により相手に外道属性(恐怖)の効果を与える。

だが実はユニークスキルではなく威圧系スキルの最上位スキル。とはいえ他のユニークスキルに劣るわけではない。

転生後よりも明るい印象が
強いといいなあと思います。
ちょっと乱暴なみんなの人気者感

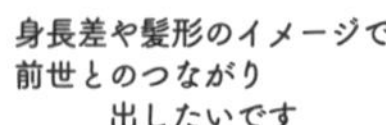

身長差や髪形のイメージで
前世とのつながり
出したいです

悪の
ろくろ
回し
基本の
うでぐみ
何か自分で
暴君「らしさ」を
演じて楽しんでいる
イメージがちょっと
あります。
ハデめの
ポーズ
好きそう
何か強い
モンスターの毛皮
見せつけたい
(承認欲求が
強そうなイメージが
あるので)
モフモフ
マント
モンスターの
背骨に
チェーンか
ロープ
通してマフラーに
カタチ
髪のサイド の
上レイヤー
カタチこんな
イメージ
です
画本の
・三国志
・水滸伝
とかに出てくる
服モチーフです
ウシロ
目
褐色ベースに
下側金色
イメージ
マユ
短め
アヒル口(?)
髪形
左右
シンメトリ
です
ここの層
わっかで持ち上がって
出来ている感

フィリメス

(フィリメス・ハァイフェナス)

Filimøs Harrifenas

転生者、岡崎香奈美の生まれ変わり。エルフの族長の娘。転生前は教師で、転生者の中で唯一の成人だった。教師としての責任感、そして固有スキルの生徒名簿の存在によって、転生者である元生徒たちを保護するために動く。しかし、その協力者であるエルフの族長にして今世の父、ポティマスこそがこの世界における最悪の存在であることが不幸の始まり。

▶Personal Data

前世の名前 岡崎香奈美　読み方 おかざきかなみ

得意技 風魔法、弓矢

好きなもの 一人で木に寄りかかって何も考えない時間

嫌いなもの 元生徒たちに睨まれること

固有スキル 生徒名簿

生徒である他の転生者の現在の状況と過去、未来が簡易的にわかる。

その未来の項目が軒並み悲惨だったがために、先生はポティマスに協力を仰いで転生者の保護に繰り出すことになる。

「先生にちゃん付けはいけませんよぉー？」

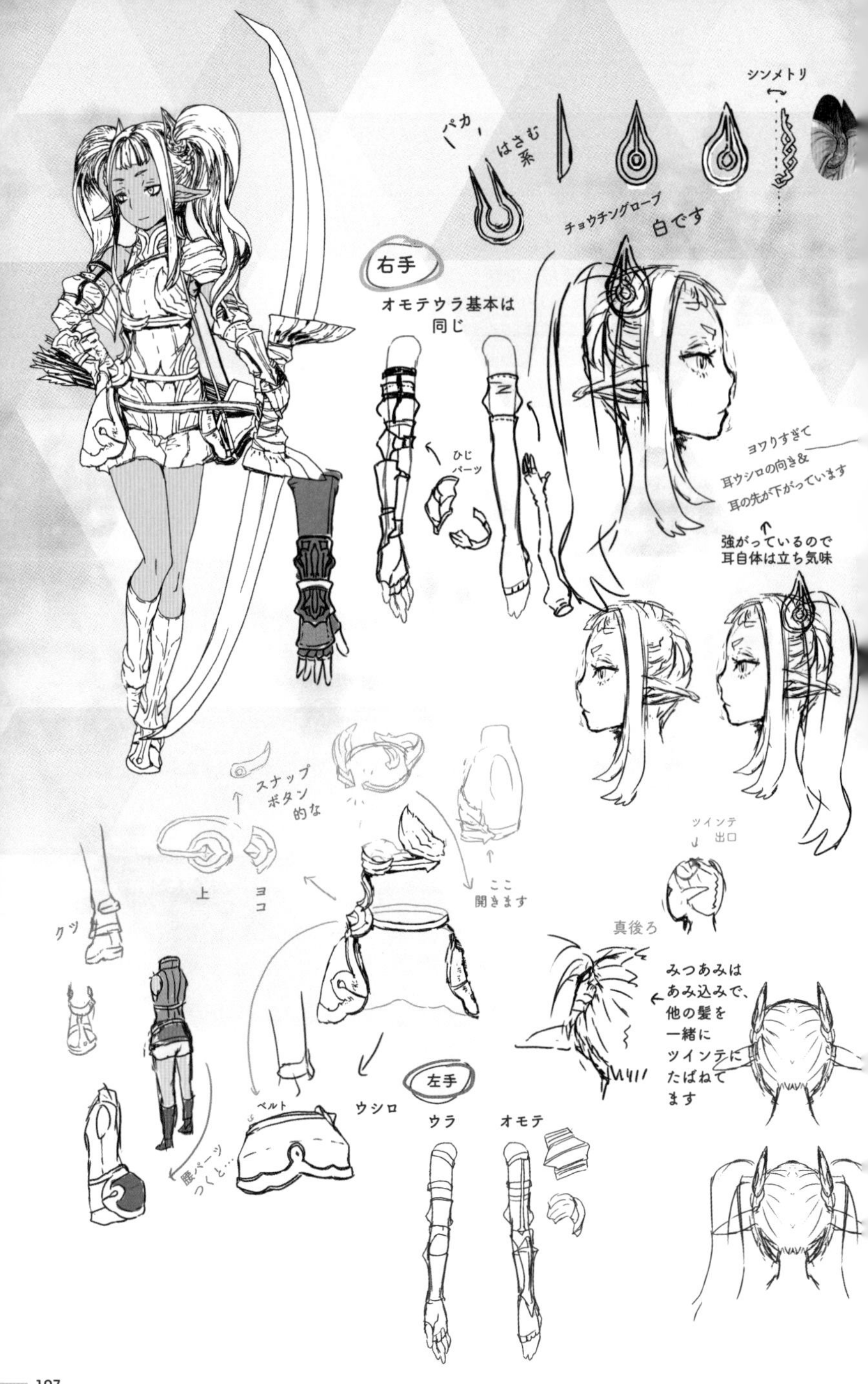
シンメトリ
パカ
はさむ系
チョウチングローブ
白です
右手
オモテウラ基本は
同じ
ひじ
パーツ
ヨワリすぎて
耳ウシロの向き&
耳の先が下がっています
強がっているので
耳自体は立ち気味
スナップ
ボタン
的な
上
ヨコ
ここ
開きます
ツインテ
出口
真後ろ
クツ
みつあみは
あみ込みで、
他の髪を
一緒に
ツインテに
たばねて
ます
ベルト
ウシロ
左手
ウラ
オモテ
腰パーツ
つくと…

ユーリ

(ユーリーン・ウレン)

Yurin Ullen

転生者、長谷部結花の生まれ変わり。聖アレイウス教国の教会兼孤児院で育つ。生まれて間もないころに実の親に捨てられるという経験をしている。そのつらい過去を振り切るために神言教の教義にのめりこみ、修行に明け暮れるうちに聖女候補となる。他の聖女候補を圧倒し、現役の聖女であるヤーナでさえ超えていると言われているため、聖女候補の中でも特別扱いされている。

▶Personal Data

前世の名前	長谷部結花	読み方	はせべゆいか
得意技	光魔法、治療魔法		
好きなもの	神様の声を聞くこと		
嫌いなもの	何もしていないこと		

固有スキル ▶ 夢見る乙女

自分が寝ているときに見た夢をいくつかストックしておき、その夢を小規模異空間のダンジョンとして出現させることができる。ダンジョンの中に取り込まれた人は、そのダンジョンを攻略しなければ外に出てくることはできない。

使いようによってはやばいスキル。なのだが、媒体が夢であるため、術者本人にも制御ができないし、どんなダンジョンになるのかもわからない。術者がダンジョンの中に入ってしまうと、最悪術者もダンジョンに殺される。ユーリはその性質を逆に利用して、修行の場にしていた。

禁忌持ち？殺さなきゃ!!
神様の話になると瞳孔大きく開いたり
髪のインナーカラーはあってもなくてもOKです。（肌色との区分けのために入れています）

「今日スキルが上がって神様の声が聞けたの！ああ、神様の神々しい声が聞けた。今日はきっと幸せに過ごせるわ」

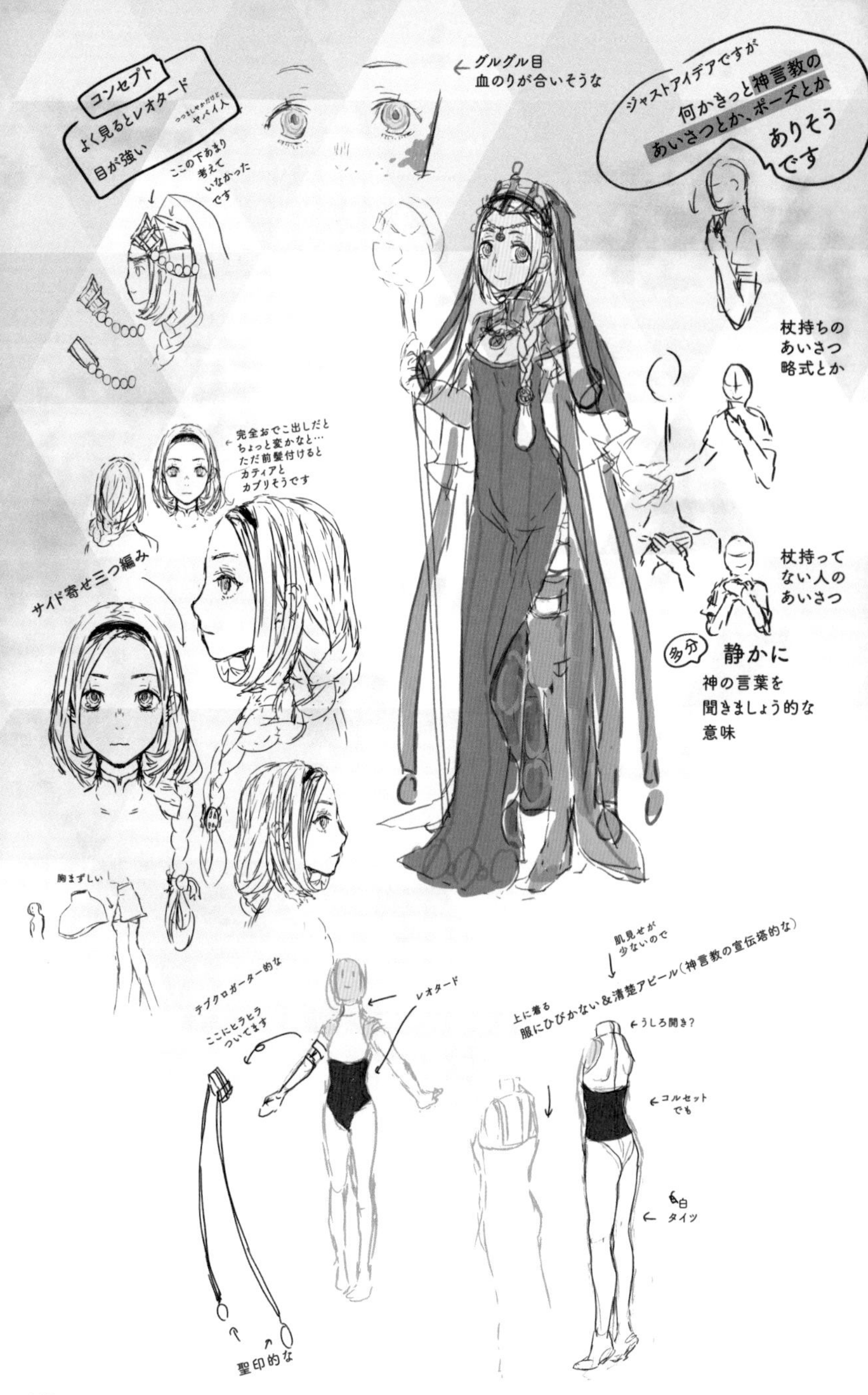
コンセプト
よく見るとレオタード
つつましやかだけど、ヤバイ人
目が強い
ここの下あまり考えていなかったです
グルグル目
血のりが合いそうな
ジャストアイデアですが
何かきっと神言教のあいさつとか、ポーズとかありそうです
杖持ちのあいさつ略式とか
杖持ってない人のあいさつ
多分
静かに
神の言葉を聞きましょう的な意味
完全おでこ出しだとちょっと変かなと…ただ前髪付けるとカティアとカブリそうです
サイド寄せ三つ編み
胸まずしい
テブクロガーター的な
ここにヒラヒラついてます
レオタード
聖印的な
肌見せが少ないので
上に着る服にひびかない＆清楚アピール（神言教の宣伝塔的な）
うしろ開き?
コルセットでも
白
タイツ

スー

（スーレシア）

Suresia

アナレイト王国の第二姫。正妃の娘で、同母兄に第一王子のサイリスがいる。シュンとほぼ同時期に生まれた異母妹で、幼少期を共に過ごす。天才と言われるシュンをそばで見続け、幼心に憧憬を刷り込まれ、さらにそれが兄妹の親愛を超える崇拝と恋心に発展。取扱注意のヤンデレブラコンと化した。転生者でもないのにシュンやカティアに迫る力を持つ、本物の天才。

▶Personal Data

得意技	水魔法、呪怨魔法
好きなもの	シュン兄様
嫌いなもの	兄様に近寄るものすべて 兄様に仇なすものすべて

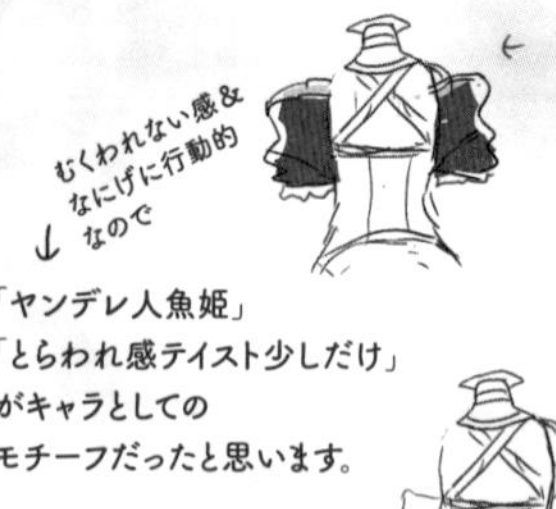

「兄様はわたさない」

▲CHARACTER ── スーレシア ──

リボン
暗めの
グレー
うしろ
一本
ドリル
胸
ない
黒～グレー
タイツ
ショートめ
ブーツ
カカト
うしろの長い
マーメイドシルエット
前髪 ギリギリ
オンザ
眉
先とがっているタイプ
首輪っぽい
チョーカー
チェーン
上の方から
前髪つくって
ます
ウシロから
ハメる
感じ
です
基本ジト目の
眠気系。
三白眼
気味
だいたい
シンメトリ
ヒレに見立てた
ハッパ
モチーフ

◀ ILLUST ― 変わっていく想い ―

ピンクの虎

「シュン、魔物図鑑を持ってきましたわ。一緒に見ましょう」

「ありがとうカティア」

カティアが持ってきた贅沢(ぜいたく)にもフルカラーな魔物図鑑を、俺を中心にして、右にカティア、左にスー、ついでに俺の頭の上からフェイが覗(のぞ)き込む。

できれば頭の上じゃなくて、肩あたりに登ってもらいたいんだけど、左右のカティアとスーが俺の肩に顎(あご)を乗せるような形で覗き込んでいるので、フェイも頭の上しか居場所がないのだろう。

「この図鑑に載っているのは、帝国よりも魔族領寄りの密林に生息している魔物ですわ」

カティアが調子に乗って解説してくれる。

俺とスーは王族だけど、あまり物を与えられない。

そういう意味ではカティアのほうが俺たちよりもずっと恵まれていた。

だからこうしてカティアが持ち込んでくる本をはじめとした道具は、俺たちのいい刺激となっていた。

俺はあるページで本を捲(めく)る手を思わず止めた。

「ピンク?」

「ピンクですね」

俺とスーの疑問に満ちた声。

スーがいるので念話を控えているけど、頭の上のフェイもちょっと引いている感がある。

それは、フェベルートという名前の魔物だった。

虎に酷似した姿の魔物で、その特徴も虎そのものと言える。

巨大な体躯なのに素早く、身のこなしも軽い上に、密林の中を気配もなく近づいてきて急襲する。

その危険度はCランクで、個体によってはBランクに届こうかというものもいるらしい。

まあ、それはいい。

虎なんて危険に決まってる。

それが魔物ならなおさらだ。

けど、どうしてその体がド派手なピンク色なのか。

理解に苦しむ。

「地球の虎も黄色と黒の縞模様だし、ピンクでも不思議じゃねーんじゃね？」

カティアがそんな適当な事を日本語でボソッと言うが、それで納得していいものか。

案外フェベルートが生息する密林というのは、周りの木々もピンク色だったりするのだろうか？

けど、図鑑の他の魔物を見てもそんな様子は見られず、フェベルートのみがピンクである。

「なんでピンクなのかの説明は、ないですわね」

この図鑑、戦闘能力やその対処法については結構詳しく書かれているけれど、生態についてはあんまり書かれていない。

そんな事研究する暇があったら倒し方を研究したほうがいいのだろう。

結局フェベルートがピンク色の理由はわからずじまいだ。

魔物の意外性に、微妙な気持ちになりながら、俺は図鑑のページを捲った。

苦労性な公爵令嬢の過去と今

学園の授業を終えて、寮の自室に戻ってきた。

荷物を放り投げ、そのままベッドに倒れこむ。

たまにはこうしてだらしなくしても罰は当たらないはずだ。

はしたなくても、誰に見られるわけでもないし。

一人部屋で良かったと心の底から思う。

今日も疲れた。

このまま眠ってしまいたい欲求を抑え込んで、のそのそと立ち上がる。

制服に皺(しわ)をつけたくないし、このまま寝てしまったら絶対に肌荒れするし、寝癖がついてしまう。

そこまで考えて、苦笑してしまった。

染まっているなあと。

前世では男で、肌がどうとか気にしたこともなかった。

なのに、今はナチュラルにそれを気にかけてしまっている。

男だった時の記憶や思考が消えてなくなったわけではないけど、体が女である以上、どうしたって感覚や趣向がそちらよりに向いてしまうのは仕方がないことだった。

ましてや俺の家は由緒正しい公爵家。

それこそ、普通だったら物心つくかどうかってくらいの小さな時から、厳しい淑女教育を施されてきた。

長谷部さんに女にしか見えないと言われてもしょうがないのかもしれない。

「ハア」

思わず溜息が出た。

なんで俺だけ性別変わってんだよ。

や、フェイがいるから、まだそれよりかはマシだと思っちゃいる。

少なくとも性別変わっても人間である以上、トカゲにしか見えない地竜に生まれ変わったフェイよりかは恵まれているだろう。

恵まれているって意味では公爵なんて、王族に次ぐ位の貴族の娘として生まれたんだから、相当いい暮らしをしてきたはずだ。

ユーリのように捨て子からのスタートだった転生者もいるわけだし。

そう考えれば性別が変わったくらい、些細なことなんだ。

けど、それを頭で理解しても、納得はできない。

考えようによっては、公爵令嬢という身分も、重しでしかないのだから。

今日こんなにも気が滅入っているのは、男に言い寄られたからだ。

相手は他国の王子。

まあ、王子といっても小国の次男なので、権威という意味ではそんなにない。

なので、国際問題になっても大した影響もないし、バッサリと切り捨ててきた。

問題があるとすれば、こういうことが初めてじゃないことだ。

自分で言うのもなんだが、俺はかなりの美少女だ。

元男の目線で言うのだから間違いない。

加えて公爵令嬢という肩書きに、シュンには一歩劣るものの、同年代では飛び抜けたステータスの持ち主。

性格を抜かせばこれほどいい物件はないだろうよ。

だから、この状況になるのを見越して、俺は精一杯嫌な女を演じているつもりだった。

できる限り男には冷たく接し、女とも極力かかわらない。

交友関係を最小限にして、なるべくシュンたちと一緒にいる。

それでもこうやって言い寄ってくる男が出る始末。

まったく、シュンの奴は俺がガードしてやってるからそういう女が寄ってくることは少ないだろうが、それでも皆無ってわけじゃないはずだ。

そんなことをしたらスーが黙ってるはずがないし、半分はシュンに言い寄る女の子を守るためだっていうのに、王子を独占する性悪女呼ばわりだ。

俺の思惑通りではあるんだが、やっぱり人から嫌われるっていうのは精神的にくるものがある。

そんな俺の苦労を知りもせずにシュンの奴はのほほんとしてやがるし。

あー、腹が立つ。

俺とスーの妨害をくぐり抜けて、本気で告白なんかされたらあいつどうするつもりなんだか。

あいつのことだから場の雰囲気に流されて付き合い始めるとかないよな？

そうなった状況を想像すると、胸にチクンとした痛みが走った。

なんだ？

……気にしても仕方ないか。

それが俺の肩書きだけを見ての行動なら尚更。

愛だとか恋だとか、メンドくせえ。

「本当に好きでもないのに告白するのは、相手に失礼だと思います」

そう俺に言った人がいた。

それは前世で、俺がただ一度の告白をした後に言われた言葉。

その相手は学校のアイドル的な人で、俺もダメ元での告白だった。

案の定フラれたわけだけど、その後に言われた言葉は俺の心に刺さった。

確かに、ミーハー気分で告白したのは事実。

それを見抜かれた上で、こっぴどく振られた上に冷めた目で見られたあの日。

今、ちょっとだけ彼女の気持ちがわかった気がした。

まあ、わかったところで何が変わるわけでもないんだけどな。

俺も貴族であるからには、いつかは結婚することになるだろう。

それも、俺の意思を無視した好きでも何でもない男と。

女に生まれ変わったって、元男である以上、男を愛せる自信なんかない。

結局愛情のない結婚をするしかないのだ。

俺はきっと、恋というものを知ることなく一生を終える。

せめて相手が誠実な男性であることを祈るばかりだ。

懐かしい味

入学式が終わってすぐ、俺たちは先生に呼び出された。

転生者だけで集まりたいとのことで、スーに内緒でこっそりと寮を抜け出す。

俺とフェイが集合場所に到着すると、そこには既に他のメンバーが集まっていた。

「全員揃いましたねぇー」

「岡ちゃん、わざわざ呼び出して何するんだ？」

夏目、ユーゴーの問いかけに、先生はニッコリと笑い、あるものを取りだした。

「ジャーン！」

それは、なにか黒い塊だった。

ネチョッとしているようで、袋の中に入った状態のそれは、怪しげな黒い艶を出している。

「先生、何、それ？」

カティアがちょっと引き気味に聞く。

なんというか、見た目だけだと薄気味悪い物体だ。

先生が嬉(うれ)しそうに取り出したものだから、変なものではないのだろうけど。

「これはですねぇー、なんと！　お味噌(みそ)なのですぅー！」

なんだって⁉

俺の視線が謎の物体改め、味噌に吸い寄せられる。

俺以外のみんなも同じように、味噌に釘付(くぎづ)けとなった。

それもそうだろう。

ここは地球とは違う異世界であり、日本で慣れ親しんだ食材は全くなかった。

似たような野菜があったりもしたが、あくまでも似たようなであり、全く同じものは存在しない。

それに、この世界の文明は長い魔族との戦いのせいかあまり発達していない。

なので、必然的に農業もあまり発達しておらず、野菜や穀物の種類もそこまで多くなかった。

そんな事情もあって、この世界の食事ははっきり言って味気ない。

不味いとまでは言わないけれど、世界中の食という食が集まる日本とは比べ物にならないのも事実だ。

そこにきての、味噌の登場。

米や醤油(しょうゆ)と並ぶ、日本人とは切っても切り離せない調味料。

注目してしまうのは仕方がないことだった。

「といっても、完璧(かんぺき)なお味噌ではないんですけどぉー。お味噌に似た何かですねぇー」

まあ、それもそうだろう。

大豆がこの世界にあるわけもないし。

あっても味噌が作れるとは限らない。

詳しい味噌の作り方なんか知らないけれど、結構な手間隙をかけて作るものだったはずだ。

「これは世界中を旅してる時に偶然見つけた代物なのですよぉー。小さな村で作ってるものなんですけどぉー、その村だけで食べてしまうものなので生産量も少ないのですぅー。今回は無理言ってもらってきましたぁー」

なるほど、それなら今まで手に入らなかったのも納得だ。

「というわけでぇー、先生お味噌汁を作りましたぁー」

そう言って、先生が背後から鍋を取り出した。

何が「というわけで」なのかわからないが、先生の厚意はものすごくありがたい。

先生が、鍋と同じように背後から取り出したお椀に味噌汁を注いでいく。

具は、大根に似た味の野菜だった。

見た目は茶色いにんじんのようなのだが、味は大根に似ているという野菜だ。

「うち、味噌汁はワカメと大根だったなー」

ユーリがポツリとそんなことを呟いた。

「うちはその日その日で違ってたけど、油揚げが一番好きだった」

【あたしんちは味噌汁あんま飲まないタイプだったわ】

「うちもカティアと同じでいろいろだったけど、ネギだけは外さなかったな」

どんな具材だろうと、ネギだけは必ず入れていた。

【夏目は？】

「豚汁、だな」

ああ、とみんなで頷く。

豚汁もいいよな。

みんなにお椀が行き渡り、箸が渡される。

箸なんて持つのも、久しぶりだ。

「では、いただきますぅー」

先生の挨拶と一緒に、味噌汁を飲む。

ザラッとした食感。

味噌がちゃんと溶けきっていない感じで、全体的にザラザラとしている。

おまけに味も濃い。

味噌の主張が強すぎて、出汁が入っているのかもわからない。

正直、日本で食べていた味噌汁とは全然違う。

やっぱり、これは味噌ではなく、あくまで味噌もどきなのだ。

けど、確かに、そこには忘れかけていた故郷の味の片鱗があった。

「う、ふぐっ、うぅ」

見れば、ユーリが泣きながら味噌汁を少しずつ飲んでいた。

決して美味しいとは言い難い味噌汁を、味わうように。

泣き出したユーリに触発されてか、カティアも洟をすすっている。

普段だったら悪態の一つでも吐きそうなユーゴーも、この時ばかりは静かに味噌汁を味わっていた。

「ごちそうさまでした」

そして、鍋の中にあった味噌汁は、綺麗さっぱりなくなった。

ラッキースケベ

俺には天の加護というスキルがある。

あらゆる状況で自身の望む結果を得られやすくなるという、なんとも都合のいいスキル。

なんだが、正直普段日常生活を送っている時に、このスキルの恩恵を感じることはあんまりない。

効果が効果だけに、その恩恵が目に見えにくい。

恩恵を受けていても、それがスキルのおかげだと気づきにくいのだ。

もしかしたら、生命の危機に瀕するような事態になったら、このスキルの真価が見えることもあるかもしれないけれど。

今のところ自分の実力で何とかなっていることもあって、実感がわきにくい。

もしかしたら、ユーゴーに殺されかけた時に先生がタイミング良く駆けつけてくれたのは、このスキルのおかげだったのかもしれない、というくらいだ。

そういうわけで、俺の中でのこのスキルの評価は、ちょっと運が良くなるという程度でしかない。

ただし、俺はどうにもこのスキルが引き起こしてるんじゃないかと疑っている現象がある。

というか、それしか考えられない。

唐突だが、ラッキースケベという言葉がある。

文字通り、運良くエロいイベントに遭遇するというものだ。

ラブコメの主人公なんかがよく遭遇するあれだ。

俺も男だから、そういう漫画を前世では読んでいたし、主人公のことを羨ましいと思ったこともある。

まあ、所詮フィクションの中のできごとで、実際に自分がそんな場面に遭遇することなんかないと、当時は思っていた。

思っていたと、過去形にしてる段階で察して欲しい。

今世の俺はやたらラッキースケベに遭遇する。

ある時はいたずらな風が女の子のスカートをめくってパンチラを覗くことになったり。

急に降ってきた雨に濡らされて、服がスケスケになった状態の女の子を目撃しちゃったり。

教室に入ったら、なぜか着替え中の女の子とバッタリ出くわしたり。

いきなり目の前で転んだ女の子を支えてあげたら、うっかり胸を思いっきり触ることになっちゃったり。

他にもいろいろあるけど、全部を挙げてたらキリがないくらいのラッキースケベに遭遇している。

普通に考えたらありえない。

前世では一回もそんな体験したこともないのに、今世ではそういうことがひっきりなしに起こる。

中にはわざと俺に色仕掛けをしてるのも含まれている。

俺は曲がりなりにも大国の王子だし、お近づきになろうとする女子もいるということだ。

大体はカティアがガードしているので、そういう子が接触してくることは稀だけど。

まあ、そういう自分からアピールしてきてる子はいいんだけど、大抵の場合は本当に事故だ。

俺は意図的にそんなことしてるわけじゃないし、相手も俺にそんな痴態を見せるつもりなんかサラサラなかった。

はっきり言おう。

ラッキースケベなんてものはギャグだから許されるものだ。

実際に遭遇してしまうと、ものすっごく気まずい。

漫画みたいに女の子が怒りに任せて殴って解決、ならどんなに良かったことか。

大国の王子である俺を殴れるわけないだろ……。

そんなことをすれば不敬罪だし、女の子は泣き寝入りするしかない。

中にはユーゴーのように、うちの国と同等かそれ以上の大国の王族もいるにはいるが、そんなのは極少数で、大半は俺よりも身分の低い子女たちだ。

殴るなんて論外だし、文句を言おうにも、王族でしかもわざとそうしたわけじゃない俺に何も言うことなんかできない。

泣きそうになりながら無言で走り去っていく女の子とか見ると、とてもいたたまれない。

このラッキースケベ、天の加護のせいで発生してるんじゃないかと、俺は疑っている。

発生頻度が高すぎだし、その後俺の悪い噂が出たりしたこともなく、穏便に済んでいるからだ。

いくら俺に悪気はないといっても、これだけ何度もそういうことを起こしていたら、悪い噂の一つでも流れそうなものなのに、そういうことは一切ない。

俺の知らないところで「シュレイン王子はすけべ」とか囁かれてたら心が折れるだろうけど、ちらっとも聞こえてこないから多分ない、と思いたい。

これだけ疑う要素、というかほぼ確定に近い証拠がありながら、それでも俺が疑いにとどめているのは、天の加護の効果が自身の望む結果を得られやすくする、というものだから。

つまり、これが天の加護の効果なのだとしたら、俺は心の奥底ではラッキースケベを望んでおり、女の子たちはその被害者となってしまっているということになるからだ。

罪悪感が半端ない。

ないのだけれど、ラッキースケベがなくなることもない。

男の欲っていうのは、罪深いものだと、胃を痛くしながら思った。

こんなことがスーやカティアに知られたらと思うと、考えるだけで恐ろしい。

嫌われるってことはないと思うけど、しばらく白い目で見られそうだ。

スーの場合、負の感情が俺じゃなくて相手のほうに行きそうで、別の意味で怖いし。

カティアは、あいつも前世は男だしきっと俺の気持ちもわかってくれる！　と思いたい……。

ユーリは神言教の説教を始めそうだ。

先生には、普通に怒られそうだ。プンプン言いながら説教されそう。

ちなみにフェイにはすでにバレている。

進化する前は俺の肩とかに乗って一緒にいる時間が長かったから、自然とそういう場面に一緒に遭遇する羽目になった。

あの時の、生温かい目が忘れられない……。

変な噂が立ったり、俺と近しいみんなに知れ渡ったりする前にこのラッキースケベ体質を改善させなければ、待っているのは破滅の未来だ。

煩悩退散！　強く念じながら今日も俺はハプニングに遭遇する。

ゴブリン

「シュン、何見てるんだ？」

「カティアか。これ、魔物図鑑」

「ああ。魔物の生態とか保有してるスキルとか載ってるやつか」

「そうそう。今度の授業の遠征で向かう場所に生息してる魔物を調べておこうかと思って」

「勉強熱心なこって。次行くとこに出るのはここと、ここと、ここに載ってるやつだ」

「カティアも把握してるじゃないか。俺より先に調べてたってことだろ？　勉強熱心なのはどっちだよ」

「ていうか、もともとこういう図鑑みたいなの眺めるの好きだからな。遠征関係なく読んだことあるんだわ」

「そういえば、スキル大全も持ってたっけ」

「そうそう。魔物図鑑もそうだけど、ああいうの見てると楽しくならねえ？」

「気持ちはわかる」

「けどさあ、なんかこれじゃねえだろっていうのが時々あるんだよな」

「たとえば？」

「ゴブリン」

「ああ……」

「なんでこの世界のゴブリン、危険度やたら高いんだよ！　違うだろ！　ゴブリンって言ったら駆け出し冒険者が腕慣らしに倒す的な雑魚キャラのはずだろ！」

「そうだよなぁ。俺らの常識だとゴブリンってそんな強いイメージないよな」

「強いだけなら百歩譲ってまだ許せる」

「許せるんだ」

「ほら、ゴブリンキングとか。ゴブリンって弱くて数が多くてたまに強い進化個体がいたりするだろ？　だから強いのがいてもまあ許せる」

「いきなりゴブリンが統率の取れた動きし始めて、実はゴブリンキングが群れを率いてたとか物語の定番だよな」

「だろ？　だから強いのはいい。けど、この世界のゴブリン、なんで武士道チックなものに目覚めてんだよ⁉」

「ゴブリンって言ったら頭悪いってイメージがあるもんな」

「なんだよこの図鑑の説明！　生まれた瞬間から武に身を捧げる魔物きっての武人って！」

「絶対ゴブリンの説明文じゃないよな」

「冒険活劇の小説で主人公の終生のライバルとして出てきたのがゴブリンだった時の俺の気持ちがわかるか⁉」

「あー、それ俺も読んだことあるかも」

「内容は面白かったけど、ゴブリンだぞ？　超かっこよかったけどゴブリンだぞ？」

「確かに、めちゃくちゃイケメンだったな」

「主人公に敗れたゴブリン。しかし、彼は死してなお倒れることはなかった。疲労で膝をつく主人公と、死して立ち尽くすゴブリン。まるで勝者と敗者が逆転したかのような光景。確かにかっけえよ。ラストバトルの熱さもすごかったさ。けど、ゴブリンだぞ⁉」

「ちなみに、その小説、実話を元に作られてるらしいぞ」

「え、マジで？」

「マジだ。とある冒険者がゴブリンと死闘を繰り広げた時の話らしい」

「この世界のゴブリン、マジでなんなんだ⁉」

「俺らの知るゴブリンとそれほど違いはないんだけどな」

「大違いだろ！」

「繁殖力が高く数が多い。成長が早く、その分寿命も進化しないと短い。ステータスは低め。特別なスキルも持ってない。ほら、一個一個を挙げてくとそんなに違わない」

「大前提が違うだろーが」

「まあ、意識の差だろうな。俺らのゴブリンのイメージは頭が良くないって感じだけど、この世界のゴブリンは武人として、確固たる意思を持って生きている。その差が大きいんだろう」

「かくして冒険者も恐れる戦闘集団のできあがりってか」

「一匹一匹はそこまで強くない。というかステータスは高くないけど、集団で連携して襲いかかってくる。そのうえ戦い慣れてるからステータスの低さの割に技術は高い」

「ステータスの低さを技術と仲間との連携でカバーとか。お前らは主人公かと」

「実際どこかの国の騎士団の志にゴブリン道なんてものもあるらしい」

「どんな道だよ。いや、なんとなくわかるけどさあ」

「ゴブリンのように生きることと向き合い、ゴブリンのように己を磨き、ゴブリンのように気高くあれ」

「どう考えてもゴブリンじゃないだろ」

「けど、この世界のゴブリンはそうだからなあ」

「絶対間違ってる！」

「受け入れろ。所詮俺たちの知ってたゴブリンは架空の存在なのさ」

「なんか納得いかねえ！」

「ところで、今度遠征に行く場所の近くにゴブリンの集落があるらしいんだが」

「妙なフラグ建てようとすんな」

「冗談だ。近くと言ってもそこそこ距離があるし、地元の冒険者が常に警戒してるから、ゴブリンが俺たちのところまで来ることはない」

「それがフラグだっつってんだろ！」

「大丈夫だって。カティアは心配性だな」


後日の遠征で、一匹のゴブリンとシュンが死闘を演じることになるとは、この時さすがのカティアも本気で予測することなどできなかった。

女子の必須スキル

この世界で女子に生まれ変わって結構な年月が経った。

元男子子だった時の感覚はもはや忘れつつある。

最初の頃は男子と女子の違いに戸惑うことも多かったけど、前世と同じくらいの年月を女として生きていれば、適応もするってものだ。

とりわけ、俺の近くには幼い頃からフェイがいたというのも大きい。

なんだかんだ言って、フェイは元女子なわけで、色々とアドバイスを受けることができた。

思春期に入って男女の体の作りが本格的に変わって行く前に、フェイから話を聞いて心構えができたのは良かったと思う。

けど、こっちの世界と元の世界とでは若干事情が異なることもあるわけで、そこに関してはフェイの知識を頼ることもできなかった。

あっちとこっちとじゃ、文明に大きな差があって、どうしたって諸々の道具類はあちらよりも劣ったものしかない。

フェイのおすすめ化粧品とか言われても、こっちにないものは仕方がないのだ。

そこはこちらのもので代用するしかない。

俺が四苦八苦するのを見て、フェイが『大変ねー』と他人事のようにほざいた時は軽く殺意が湧いた。

あちらにあってこちらにないものがあるように、こちらにあってあちらにないものもある。

それがスキル。

中でも、女子だったら絶対に取得しなければならないスキルというものがある。

それが、無臭。

名前のとおり匂いを消すスキルだ。

言っておくが、体臭を気にしてとかそういうレベルの話じゃない。

いや、そういう目的もあるにはあるが、それよりももっとのっぴきならない事情があるのだ。

それこそ女子にとっては死活問題になりかねないレベルの事情が。

この世界には数多くのスキルが存在している。

そして、それらのスキルは普段の生活の中でも磨かれていき、年月の経過とともに自然と身につくスキルというのも結構あったりする。

その中で、女子の敵とも言えるスキルがあるのだ。

そのスキルの名前は、嗅覚強化。

名前のとおり嗅覚が強くなるスキルだ。

そう聞くと別に大したことのないスキルに聞こえる。

が、大間違いだ。

このスキルは恐ろしい。

何故かって？

このスキルを鍛えた人間には、こちらの下の事情が見破られてしまうのだ。

わかるだろうか、この恐怖が？

嗅覚強化のスキルを鍛えていくと、相手の匂いで色々とわかるようになってしまうのだ。

それこそお手洗いに行ったことも察知されてしまうし、生理中であることもバレてしまう。

それが善良な紳士にバレるのであればまだ救いはある。

が、前世男の身から言わせてもらうと、完璧な紳士など幻想であると断言できる。

むしろやばい意味での紳士ならたくさんいるだろうが。

それでなくても、ただ知られるだけでこっちとしてはたまったものではない。

どんな羞恥プレイだ。

というか、男に匂いを嗅がれていると思うだけで気持ち悪い。

そんな事情もあり、女子であれば無臭のスキルを取得するのは半ば義務と化している。

男女別の保健体育的な授業では、スキル取得のためのカリキュラムがあるくらいだ。

逆に無臭のスキルを持っていない女子は白い目で見られる。

ぶっちゃけ痴女扱いに似た感じだ。

学園に通うような裕福な人間だったら全員もれなく無臭のスキルを持っている。

市井でもよっぽどの事情でもない限りこのスキルを持っていない女子はいない。

それくらい重要なのだ。

そんなわけでこの世界の女子は匂いを消して生活している。

そのせいか香水の類はあまり発達していない。

ちなみに、男子でも女子ほどではないにしろ無臭のスキルは持っておいたほうがいいということになっている。

男子だってトイレに行って帰ってきたら臭いとか言われたくないだろ？

それが小学生の嫌がらせみたいな言いがかりなら可愛いもんだが、こっちの世界だとガチで臭ってしまうんだから。

嗅覚強化の厄介なところは普通に生活してるだけで取得できてしまうことだろう。

鼻で息をするだけでも匂いを嗅いでいるというカウントになり、微々たる量にせよ熟練度がかさんでいくんだから。

同じように聴覚強化も取得できてしまい、こちらは心音などで相手の心情がわかってしまう。

匂いのほうほど害はないが、貴族社会ではそれを悟らせないように無音のスキルを持っている者も多い。

高度なテクニックになると、わざと相手に心音を聞かせたりして自分の心情を悟らせたりするそうだ。

主に暗に告白する感じで。

その時は無臭のスキルもオフにすると効果的らしい。

汗の匂いで相手に好意が伝わるんだとか。

きっとホルモンとかそういうのを嗅ぎ分けるんだろう。

シュンの前で一度試してみたが、「スキル切れてるぞ」と、何でもないことのように指摘されてしまった。

にぶちんが。

ユリウスが主役の11巻は
結構悩みました。

馬場翁 一問一答インタビュー　その2

ここではキャラクターについての質問をしてみましょう。

担当：一番思い入れがあるキャラクターは誰でしょうか？

馬場：主人公です。一番長く書いているというか、主人公目線で書き続けているので、思い入れというか、一番のキャラですよね。

担当：一番書きやすいキャラクターは誰でしょうか？

馬場：これも主人公ですね。

担当：一番書きにくいキャラクターは誰でしょうか？

馬場：結構いっぱいいます。特に……ということで絞るならば、ユリウスとダスティン。ユリウスはかっこよく書かなきゃいけないという大変さがあって。シュンの憧れでもありますので、日本から転生してきた男子高校生が憧れるヒーローとして、すごくかっこよくしなきゃいけないというノルマがありました。キャラとしての格が高すぎて、どうやったらかっこよくなるんだろうと悩みましたね。なので、ユリウスが主役の11巻は結構悩みました。1冊まるまる主役を張れるキャラだからこそ、ユリウスの死があの世界の人々にとって衝撃的なものになったはずなんです。ただ、そこまでの衝撃を与える勇者のなかの勇者、スーパーヒーローってどうすれば描けるんだろうという難しさがあったキャラです。

担当：ダスティンはどうですか？

馬場：ダスティンは、頭よすぎるんですよ！(笑) 頭良い人のこと考えるのはすっごく大変で。ダスティン自身が考えすぎるところもあるし、頭も良いし……作者以上に頭良いキャラは出すべきじゃないですね。ダスティンだったらもっと策を練って上手くやるはずだとか、常人が一歩先しか見ていないなかで十歩も百歩も先を見据えて行動しているので、どういう行動をさせるのがいいのかと悩みました。覚悟は決まっているキャラなので心情は書きやすいんですけど、行動指針と行動を決めるのが難しかったです。

担当：一番友達になりたいキャラクターは誰でしょうか？

馬場：悩ましいところですけど……転生前の夏目くんとか、楽しいんじゃないかなと思います。ちょっとウザいかもしれないけど。転生後のユーゴーはウザさ爆発しちゃっているのでねぇ……。登場してないキャラの中では桜崎くんが友達にいたらいいなと思います。空気読んでくれるし。

担当：一番結婚したいキャラクターは誰でしょうか？

馬場：誰と結婚しても、ねぇ……？(笑) 人間関係とかとっぱらって、性格だけで考えると……安パイは先生。一番常識人ですから。他は何かしら地雷が埋まってるので(笑) 地雷がないっていう意味で言うと、草間くんも地雷はないですかね。そう考えると、草間くん結構おいしいポジションだな。そこまで苦労もせず、シリアスになるポジションでもなく……。

続きはP204へ

Kumo desuga, nanika?

蜘蛛ですが、なにか？

Kumo desuga,nanika?
Extra

エルフ、神言教

Elf & the Word of God relision

Extra

神言教と女神教

Yuri

神言教は、あたしが生まれ育った聖アレイウス教国の国教でもあるわ。スキルをたくさんあげて、たくさん神様のお声を聞く！　これが神言教の尊い教えよ！　ここでは、神言教について教えてあげるね

神言教とは

「聖アレイウス教国」を総本山とする最大勢力の宗教。その最高位である教皇は、人族で最も権力を持つとされている。勇者の活動支援や、勇者を支える聖女の育成も行っており、世界への影響力はとてつもなく大きい。教義は「神言の神の声をより多く聞くため、スキルをあげよ」

教皇

今代はダスティン61世。57代教皇。代替わりをしても「ダスティン」という名は変わらない。

Yuri

神様のお声っていうのは、スキルアップしたときとかに聞こえる「スキル○○がLV○になりました」ってお声のことよ！

Yuri

ここからは、すごくすごくすっごーく嫌だけど、この世界にある大きな勢力の宗教、「女神教」についてもレクチャーするね。女神教なんか邪教だからすっごく嫌だけど!!

女神教とは

神言教に次ぐ勢力の宗教であり、サリエーラ国の国教。「女神にスキルを捧げよ」という教義で、女神サリエルを祀っている。スキルを捧げる方法は、〈スキル消去〉というスキルを使用する。鍛えたスキルや習得したスキルを積極的に〈スキル消去〉することで、力を女神に捧げるという考え。

Yuri

神様がくださったスキルを消去するなんて考えられないわ！　もう！

教義の意味

「スキルを捧げよ」には2つの意味がある。「スキル消去によってスキルを捧げ、女神に奉仕せよ」という意味と、「スキルを捧げれば、神へと至ることができる」という意味。……らしいが、後者の意味はよくわかっていない。

女神サリエル

一般人にはほぼ知られていないが、サリエルはこの世界の管理者である。その事実を知っているエルフや一部の人族は、女神教徒がスキルを女神に捧げ、つまり管理者に力を与え続けていることを危惧しており、過去に女神教を滅ぼすための大きな戦争が起きたこともある。

エルフ

Filimøs

ここでは、ファンタジーのど定番、みんなが憧れる「エルフ」について、レクチャーしますぅ～！

Filimøs

私は転生前も小さかったので～今のサイズ感は逆にしっくりきてますよぉ～

Filimøs

先進的な技術を持っているということも、エルフが偉そうにしている理由の1つなんでしょうねぇ～。みんな平等に仲良くしないといけませんよぉ～

エルフとは

何百年という寿命をもつ長寿の一族。身体の成長がゆっくりなため、人族よりも幼く見える。身体が小さいときに物理攻撃スキルを鍛えても、身体が未熟なせいでスキルを上手く伸ばせないという理由から、魔法スキルをメインに伸ばす者が多い。そして、身体が大人になった頃には魔法だけでも十分強くなってしまっているので、結果的に魔法特化になりがち。

エルフ至上主義の意識が強く、人族・魔族ともに見下している。特にハーフエルフには当たりが厳しい。族長のポティマスにすべての権限がある。

武器

先述の通り魔法特化した者が多いため、物理武器は弓や短刀を補助的に使う。

しかしエルフの武器の目玉は、ロボットのようなメカ兵器や銃。失われた技術をエルフのみで隠し持ち、戦力にしている。ポティマスの研究により、魔法やスキルを無効化する結界も併せ持つため、相当な実力者でない限り、負けは確定的。

里の位置

エルフの里は、カサナガラ大陸に存在する。里の外周を強力な結界に覆われており、どんな攻撃も魔法も通さない。里に入るには、各地に隠されている転移陣から入るしかないが、転移陣の場所もエルフしか知らず、里内の転移陣にも屈強な警備兵がついているため、余所者が入り込むのは非常に難しい。

生活様式

自然を利用した家屋を建て、森と共にくらしている。結界内には魔物が出ることもなく、平穏な生活。里の端から端までは、徒歩で丸1日かかるくらいの広大な敷地。

転生者

フィリメスが連れてきた転生者たちを保護している。しかしエルフたちとは生活区域が分けられ、転生者たちだけの生活スペースが作られている。閉じ込められていることに不満はあるものの、その中でも楽しみを見つけ、平和に暮らしているようだ。

Filimøs

この前久しぶりに様子を見に行ったら、男の子たちを見る女性陣の視線が熱かったのですがぁ～……恋とはちょっと違う感じの熱さだったんですよねぇ～？

ダスティン六十一世

Dustin the 61st

神言教第五十七代教皇。死後、記憶を継承して生まれなおすという効果を持ったスキル〈節制〉の持ち主。〈節制〉の力でシステム構築前から現代までの記憶を保持している。転生者たちとはまた違った、同一世界内で転生を繰り返している存在。人族を救うために、世界を救うために、長い時の中活動し続けていた。神言教はその活動を支えるために作られた宗教でしかない。

▶Personal Data

得意技	不眠不休の執務
好きなもの	隠れて飲む酒
嫌いなもの	ポティマス、自分自身

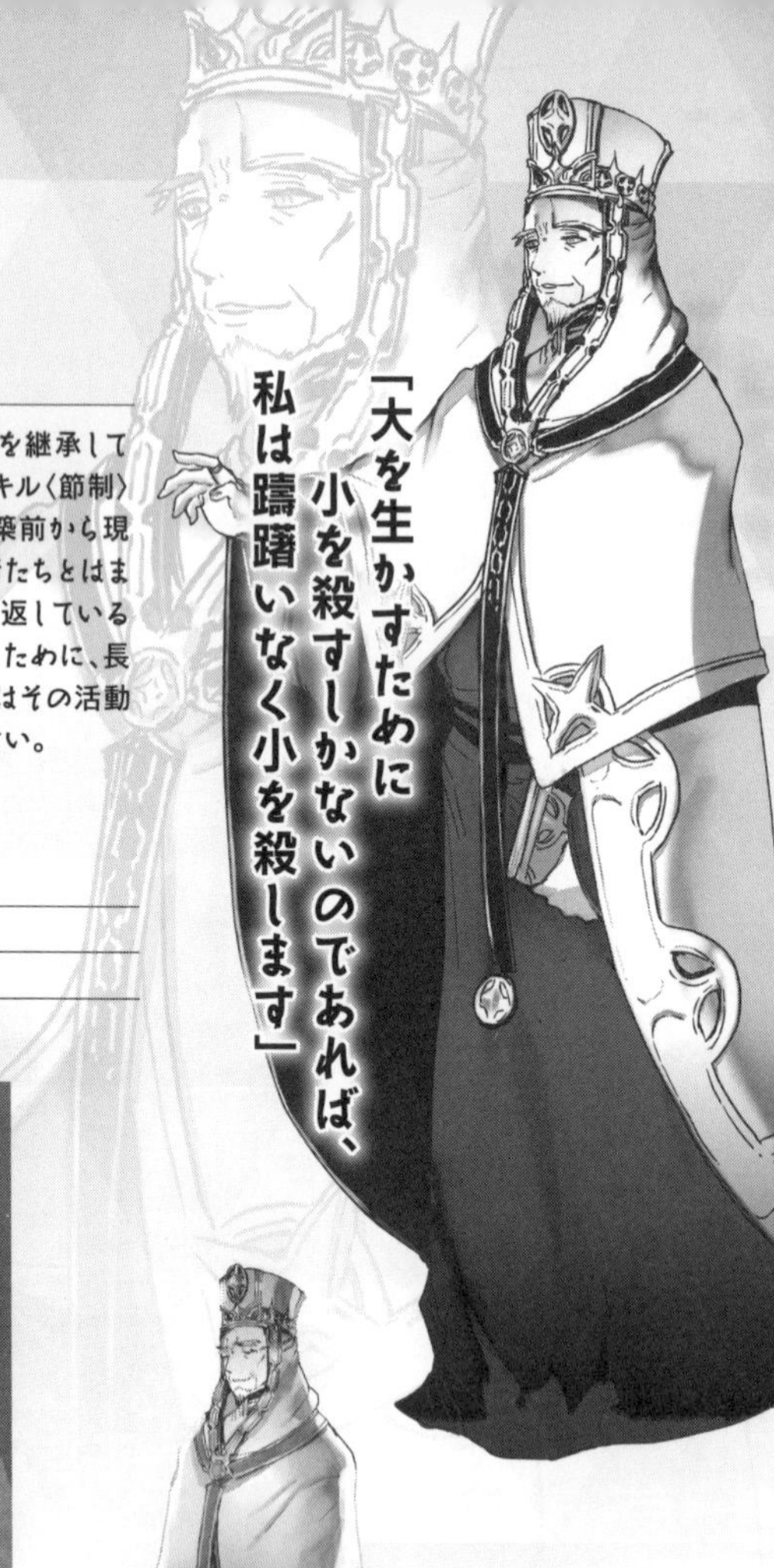

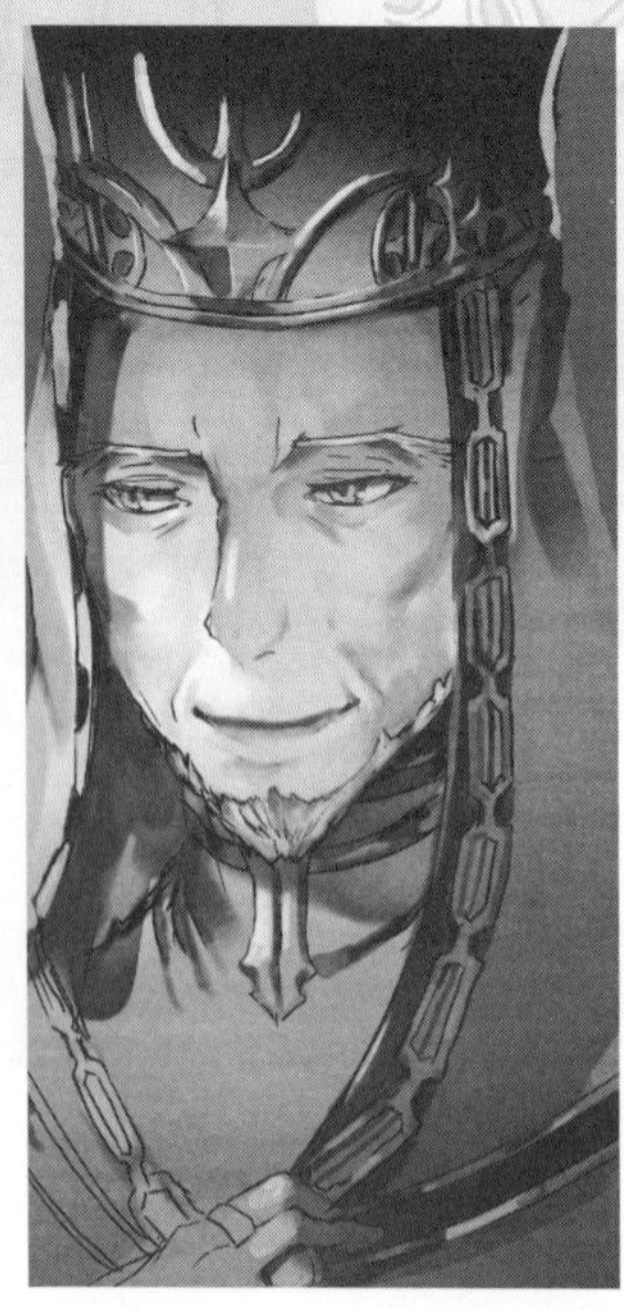

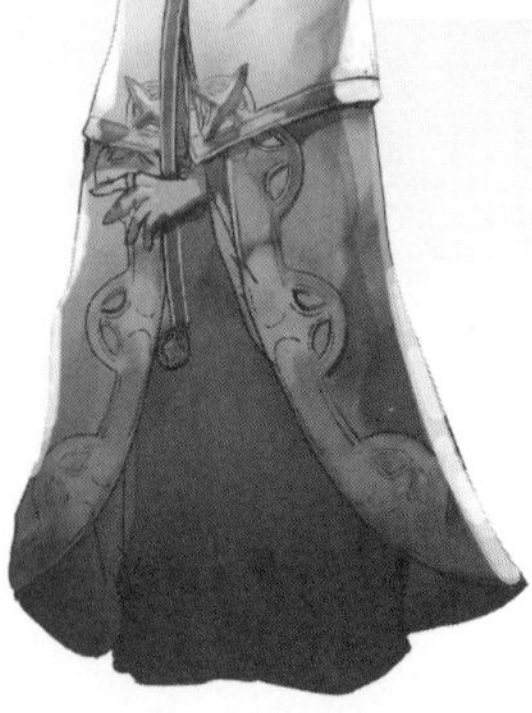

サリエル

Sariel

天使。システムの中枢としてその身を捧げている。神言教からは神言の神、女神教からは女神と言われているその人。世界を崩壊から救うため、その身を削られながらシステムを存続させている。システムに身を捧げる前はギュリエやアリエルと交流があり、両者に強い影響を与えた。

▶Personal Data

得意技	広範囲殲滅術式
好きなもの	なし
嫌いなもの	なし

「熟練度が一定に達しました」

ポティマス

（ポティマス・ハァイフェナス）

Potimas Harrifenas

エルフの里の族長。システム構築前から生き続け、世界を崩壊直前まで追い込むきっかけを作った元凶。その関係でアリエルやダスティンからは常に敵視され、命を狙われ続けている。にもかかわらず現在まで生き続けていることが、その力を物語る。目的のためならば手段を選ばない外道。ただ一つの目的を達成するために、今も暗躍している。

「ふむ。貴様をこの私の敵足りえると認めよう。
私の名はポティマス・ハァイフェナス。覚えておくといい。
が、貴様が名乗る必要はない。
どうせ今ここで殺すのだからな」

▶Personal Data

得意技	抗魔術結界、機械兵器運用
好きなもの	自分
嫌いなもの	死、煩わしいものすべて

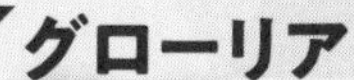

グローリア

Gloria

エルフの秘密兵器。
過去の先進技術を使ったメカ兵器を隠し持ち、有事の際の戦力にしている。

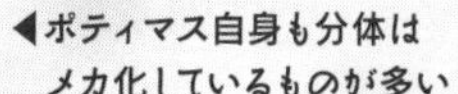

◀ポティマス自身も分体はメカ化しているものが多い

— 幼き日のフィリメスとポティマス —

Kumo desuga nanika?

蜘蛛ですが、なにか？

Kumo desuga,nanika?
Extra

魔 族 軍

The Demon Army

Extra

アリエル

Ariel the Origin Taratect

魔王。蜘蛛型の魔物、タラテクト種を統べる存在。システム構築前から生き続けている。ステータスの値は世界最大。スキル量も世界最大。システム上の戦闘力では間違いなく最強。それほどの力を持ちながら、長らく沈黙していた。しかし、限界を悟りついに重い腰を上げ、魔王となる。魔族をその力で無理やり支配し、人族との戦争に駆り立てる。全ては世界を救うために。

▶Personal Data

得意技	だいたいのことはできる
好きなもの	サリエル、孤児院のみんな、思い出
嫌いなもの	ポティマス、人類

「よっし！　いっちょ世界、救ってやりますか！」

クツ裏
モヨウあっても
いいかな的な
サークレット
ウシロ髪の下に
かくれてます
金属の輪？
←マント
うしろ
アホ毛
白？
←140～
150くらい
他キャラに
比べて
小さめの
イメージ
です
アホ毛あっても
なくても
8本
マント帯
エリとは
別パーツです
実際はこのパーツ
ついてきます

白織

（しらおり）

Shiraori

「マジか。私ついに神になったのか！」

転生者、名前のない蜘蛛の生まれ変わり。エルロー大迷宮にてクイーンタラテクトの数え切れない子供のうちの一匹として生まれる。最弱の魔物から数々の戦いを経て、システムの枠を超えた神へと至った。Dとの邂逅を経て自身がDの身代わりであり、元はちっぽけなただの蜘蛛だったことを知る。アリエルをはじめとした人々との交流を重ね、世界を救うべく行動を開始。世界を救うために多くの人を犠牲にする邪神となることを決意した。全身真っ白な外見から、「白」と呼ばれている。

▶Personal Data

得意技	糸、空間魔術
好きなこと	食べること
嫌いなこと	「死ぬー！」ってなること、D
固有スキル	韋駄天

速くなる。ユニークスキルではなく、速度のステータス成長スキルの最上位。

ワンサイド
三つ編みです

ソフィア

（ソフィア・ケレン）

Sophia Keren

「だってこいつ私のこと無視したのよ？
そんなの許せる？　いーえ。許せないわ」

転生者、根岸彰子の生まれ変わり。サリエーラ国ケレン領領主の一人娘。吸血鬼のスキルを生まれながらに持つ真祖の吸血鬼。神言教が仕掛けた戦争により故郷を失い、それに乗じたポティマスの手によって両親を失う。その直後アリエルに拾われ、魔族の陣営にくみすることになる。従者であるメラゾフィスには並々ならぬ執着心を見せる。嫉妬のスキルの保持者。

▶Personal Data

前世の名前	根岸彰子	読み方	ねぎししょうこ
得意技	吸血鬼由来の能力、氷魔法、水魔法、酸攻撃		
好きなもの	メラゾフィス		
嫌いなもの	ポティマス、他人の幸福		

固有スキル　吸血鬼

吸血鬼になる。

吸血鬼になればもれなくついてくるスキルのため、実はユニークスキルではない。ただ、ソフィア以外の吸血鬼は本編開始時点では狩りつくされてしまっているため、実質ユニークと言える。つまり吸血鬼を見たらソフィア関連の人物ということになる。

①
ガーター
②
なまあし
ニーアの
← エンチャント後？
← 氷

衣装案
コンセプト：メイド×クリノリンドレス
白ちゃんをご主人様呼びなので
吸血鬼感
片マント
クリノリン
丸見え
白よせ配色
ラースと対になる配色を
考えています
ソフィア案
タレ目＋眠気系、
表情で強がっている系

ラース

Wrath

転生者、笹島京也の生まれ変わり。魔の山脈のゴブリンの村に生まれる。ゴブリンとして生をうけ、ゴブリンとして幼少期を過ごす。しかし、ブイリムス率いる帝国軍に村を壊滅させられ、本人もブイリムスに使役されてしまったことで、憤怒のスキルに覚醒。ブイリムスを殺害し、憤怒に突き動かされながら多くの人々をその手にかける鬼となった。正気に戻ってからは自身の犯した罪と向き合い、世界を救うという目的を持ったアリエルたちに同調。

「僕はこの手で積み上げた死を無駄にしたくない」

CHARACTER ――ラース――

▶Personal Data

前世の名前	笹島京也	読み方	ささじまきょうや
得意技	魔剣		
好きなこと	筋の通ったこと		
嫌いなこと	筋の通らないこと		

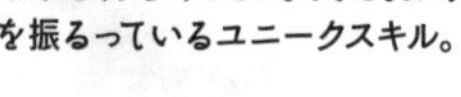

MPを消費して武器を創造することができるスキル。創造できる武器の質は込めたMPの量に比例する。さらに追加でMPを消費することによって、武器に特殊な効果を付与することもできる。おそらく本編で最も猛威を振るっているユニークスキル。

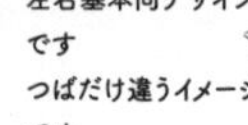

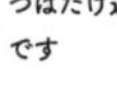

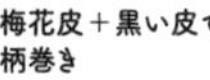

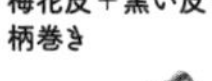

ナナメ下から
見た図です

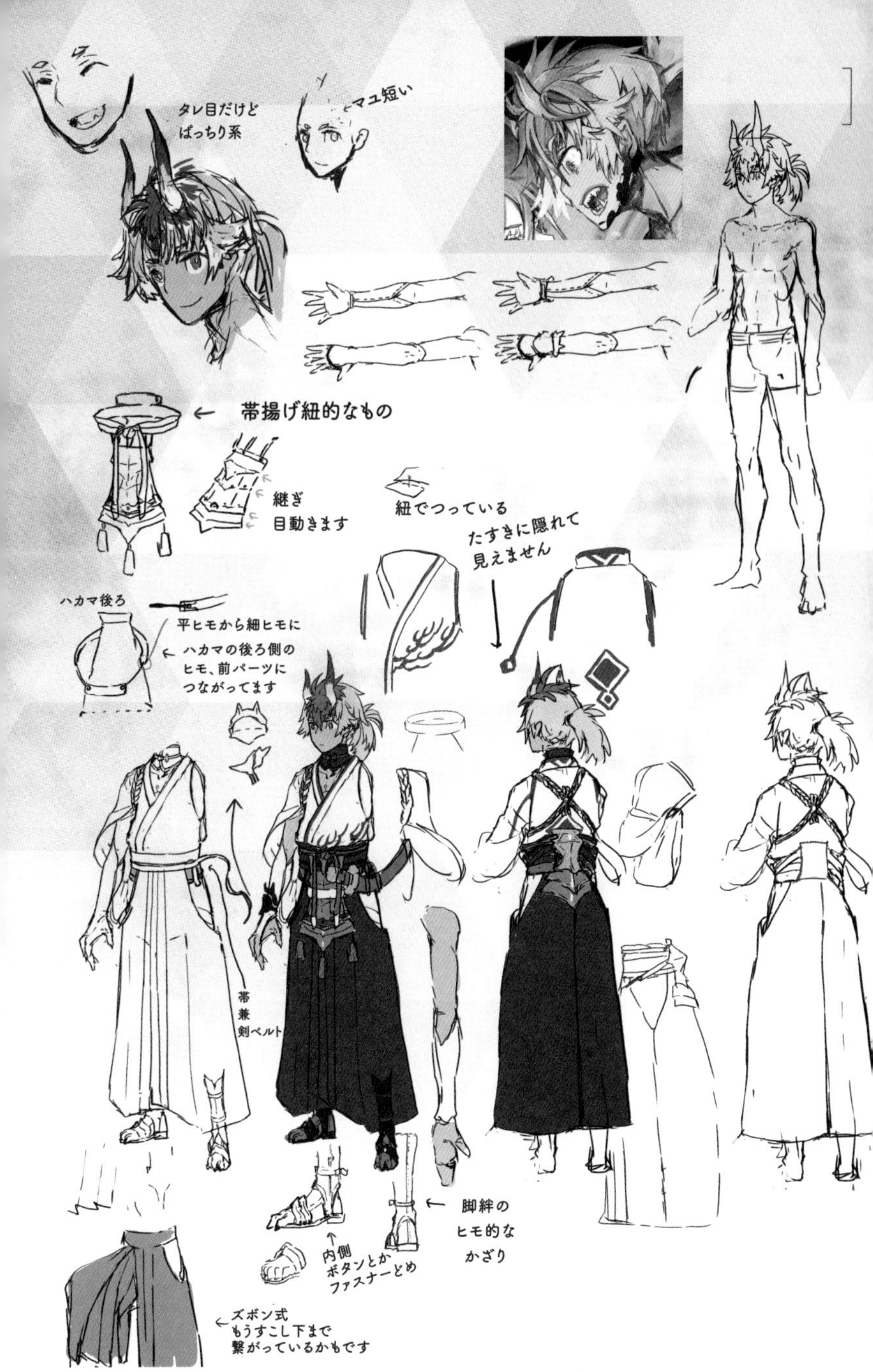
タレ目だけど
ぱっちり系
マユ短い
帯揚げ紐的なもの
継ぎ
目動きます
紐でつっている
たすきに隠れて
見えません
ハカマ後ろ
平ヒモから細ヒモに
ハカマの後ろ側の
ヒモ、前パーツに
つながってます
帯
兼
剣ベルト
脚絆の
ヒモ的な
かざり
内側
ボタンとか
ファスナーどめ
ズボン式
もうすこし下まで
繋がっているかもです

メラゾフィス

Merazophis

ケレン家執事。元はソフィアの両親に仕える従者だったが、その二人が他界したことによりソフィアの従者となる。その際ソフィアに血を吸われ、吸血鬼となっている。大切な主人を失った悲しみ、吸血鬼になってしまった苦悶、それらを乗り越え、ソフィアを守っていこうと決意。元はただの人間であり、特別な才能など持ち合わせていなかったが、地獄のような特訓を繰り返し、忍耐のスキルを獲得するまでに至った。

▶Personal Data

得意技	吸血鬼由来の能力、持久戦
好きなもの	旦那様、奥様、お嬢様
嫌いなもの	弱い自分

「お嬢様を守るために、強くならねば」
―メラゾフィス―

Before

髪色、キャラが別に見えそうなので
もとの色のままです。
目も同じ色で良いかも…

After

①

②

After（仮）

パペット・タラテクト・シスターズ

Puppet Taratect Sisters

パペットタラテクト。少女に見える外見は人形で、本体は小さな蜘蛛型の魔物。人形の中から操っている。蜘蛛の魔物でありながら人形を使って武器を操ることができる、アリエル直下の眷属にして切り札。「私」との戦いでその数を減らし、今はアエル、サエル、リエル、フィエルの四人しか残っていない。しっかり者だけどちゃっかり者のアエル。命令以外何もできないサエル。謎多きリエル。元気っ子フィエル。

▶Personal Data

得意技	糸、片手剣	好きなこと	おしゃれ
嫌いなこと	出番がないこと		

フィエル

アエル

リエル

サエル

ILLUST — パペット・タラテクト・シスターズのいたずら —

ILLUST ― 吸血鬼ソフィア ―

「これは、整理する必要があるね」

荒野に積み上げられたものの山を見て、思わずうなる。

「アリエル。あれが空納に保管していたものはこれで全部だ。取りこぼしはないはずだが、あれが目を覚ましたら一応確認させておけ」

「ん。ありがとう」

一仕事終えたギュリエにお礼を言っておく。

白ちゃんが異空間に保管していた物資の数々を、ギュリエに頼んで回収してもらったのだ。

というのも、白ちゃんが神化して、スキルが使えなくなったというのをギュリエに聞いたからに他ならない。

スキルが使えなくなるということは、白ちゃんが異空間に保管していたものが取り出し不可になってしまう。

白ちゃんが保管していたものには、旅で欠かせないものや食料などが大量にある。

ギュリエが私の頼みを聞いて回収してくれなかったら、結構大変なことになっただろう。

けど、回収されたものは予想以上に量が多かった。

私は空間魔法のスキルは一応持っているものの、空納を使えるレベルではない。

この目の前に積まれた大量のものの山を運ぶとなると、馬車が複数台必要になりそうだ。

最低限持ち運びのために馬車を購入するのは仕方ないと思うけど、なるべくなら一台で収めたい。

「仕方ない。ある程度は捨てるか」

ということで、大整理大会開催！

「諸君！　この山を突き崩すべく、いるものといらないものを整理せよ！」

白ちゃんが目を覚ますまでの間、整理することにした。

メラゾフィスくんには近場の街に行ってもらって、必要な物資の買い出しをしてもらうので、残ったメンバーでお片付けだ。

まず、食料品は優先的に分ける。

白ちゃんが空納で保存してたから長持ちしたものも、外で保管してたらすぐダメになる。

傷(いた)むのが早そうなものから消費してっちゃうしかない。

あとは旅に必須(ひっす)の道具類。

どうあっても捨てられないそれらはもちろんのこと確保しておく。

ここまでは順調に作業が進んだ。

問題はここから先だった。

「ソフィアちゃん、その嗜好(しこう)品の数々は必要かな？」

「え？　当たり前じゃないですか」

さも当然のように本やら武器やら、嵩張(かさば)るうえに重たいものをいるものにより分けるソフィアちゃん。

本は知育にいいからねだられれば買っていたし、武器は将来使うメイン武器を選びやすいように、いろいろな種類のものを買い与えていた。

それもこれも白ちゃんが空納に入れて持ち運べることを前提にしていたからであり、それができなくなった今、なるべく嵩張(かさば)るものは捨てていきたい。

そもそも本は全部一度は読み終わってるし、武器は一度使うと大抵二度と使わない。

ソフィアちゃんはそれらを観賞用として取ってあるだけで、実用するわけじゃないのだ。

なのに、いるもの扱いしているとはこれいかに？

これだからお貴族様は。

「フィエル。その大量の洋服は必要かな？」

フィエルが私の問いかけに、「何言ってんだこいつ」的な顔をしながらコテリと首を傾げた。

フィエルがいるものとしてより分けた洋服の数々。

白ちゃんと共同で、暇に飽かして作りまくったものだ。

それだけで小さな馬車の荷台がいっぱいになりそうな量の服を、全部いるものとしてより分けている。

それが全員分ならまだいいにしても、それで一人分だ。

明らかに許容量オーバーだっての。

「リエル。その謎の物体群は何？」

リエルの前に積まれた謎の物体の数々は、うん、ホント何だこれ？

何、この、何？

とりあえずこんなものはポイしなさい。ポイ。

「アエル。こっそり隠してもダメだからね？」

ちゃっかり自分だけ持っていけそうないらないものを隠していたアエルに釘をさしておく。

アエルは「バレたか」という顔をしてそっと目を逸らした。

「サエルは、うん、こっちはいいから白ちゃんのこと見てて。起きたら私たちのこと呼びに来て」

サエルはいるものといらないものの区別がつかなくてフリーズしてたので、作業から外す。

しかし、うむむ。

結論、こいつらに片づけはできない。

仕方がない。ここは強権を発動させてもらおう。

「断捨離だ。これは必要な断捨離なのです」

「な⁉　これもこれも捨てるというの⁉」

ソフィアちゃんたちがいるものにより分けていたものを、さらに私が選別していく。

ソフィアちゃんの本や武器は売っぱらう。

本は貴重品で高く売れるし、武器は必需品だからそこそこの値で売れる。

洋服も大半は売る。

最高級の神織糸で作られたものだから、本来ならとんでもない値段するだろうけど、子供服だし需要が少ないから安値で売っぱらおう。

リエルの持ってる謎の物体群は、うん、捨てていこう。

泣きわめく幼女どもを押しのけ、私はどんどん仕分けしていく。

時には心を鬼にして、ダメなものはダメなんだと教えねばならないのだ。

神鎌

魔剣。

実に厨二心(ちゅうにごころ)を刺激する素敵ワードだと思わないかい？

この世界にも実は魔剣というものが存在している。

いわゆる特殊な効果を持った武器を総称して魔剣と呼ぶのだ。

その魔剣には大きく分けて二種類ある。

一つ目がスキルの力によって特別な効果を付与されたもの。

技能付与とか魔法付与とかのスキルによって、永続的に特殊効果が付与されたものを魔剣と呼ぶ。

ただ、この技能付与と魔法付与のスキル、習得するのがものすごく大変なのだ。

なので、使い手は少なく、この方法で作られる魔剣の量も少ない。

一般的に魔剣と言われて思い浮かべるのはもう一つのほう。

強力な魔物の素材を使って作られた武器には、その魔物の生前の能力を模した力が発現することがある。

それこそがもう一つの魔剣。

で、その分類でいえば私も魔剣を持っていることになる。

私の半身たる大鎌である。

これはもともと、アラクネ形態の下半身である蜘蛛(くも)型、その前足の鎌を素材にして作ったもの。

つまり、私という強力な魔物の素材を使っているということだ。

魔物には危険度なるものが設定されているらしく、Cランク以上の魔物の素材になってくると魔剣がポツポツとでき始め、Aランク以上の魔物の素材を使うとほぼ魔剣になるそうだ。

ちなみに、私のランクはランク外扱いの神話級だったそうな。

そりゃ、そんな私の体使って作った大鎌が魔剣にならないはずがないわな。

結果、私の想定以上のやばい代物となった大鎌。

腐蝕(ふしょく)属性やら闇属性やらついてたからね。

白い見た目に反してエグイ属性してらっしゃったよ。

なんで過去形なのかというと、私が神化する際に、この大鎌もそれに巻き込まれて変質したから。

現在の大鎌は鑑定不能。

つまり、私と同じでシステムの適用外となっている。

魔剣というものはシステムの力によってその特殊効果を発揮している。

だから、システムの適用外になった魔剣は特殊効果を失い、ただの武器に成り下がる。

はずなんだけどなー。

手に持った大鎌は白く輝き、その優美さとは正反対のどす黒い不気味なオーラを纏(まと)っている。

うん。明らかに普通じゃないね！

とは言え、普通じゃないっていうのは一目瞭然(いちもくりょうぜん)なんだけど、この大鎌にどんな能力があるのかは不明。

システム内の魔剣であれば、鑑定すればどんな能力が付与されているのかわかるけど、システム外となってしまった今、鑑定しても効果はわからない。

じゃあ実際に使ってみればいいじゃんと考えるかもしれないけど、そう簡単なことでもないんだなー。

神化した私は自分自身の力の使い方さえわかんないんだから。

そんな状態の私が、半身と言える存在とはいえ、分離してしまっている大鎌の力を引き出せるかって言ったら、ねえ？

一応素振りとかもしてみたけど、何も起きなかった。

気合を入れようが何しようが、何も。

単に私が疲れただけ。悲しい。

むう。オーラも私が手に取ってる時以外は出てないし、確実に何らかの力は宿ってるはずなんだけどなあ。

ちなみに、他の人に使わせてみようかと思ったんだけど、それは全員に全力で拒否された。

「呪われそうで嫌よ」

「ていうか、普通に危険感知がやばいって訴えてるんだよね。使ったら冗談抜きで死にそう」

吸血っ子には避けられ、魔王には真顔でそんなことを言われたら、さすがに強要できない。

人形蜘蛛たちは目を合わせた瞬間、同時に首をブルブル振り始めたし。

メラは逆に覚悟完了、みたいな顔をされたのでやめておいた。

うん。まあ、確かに呪われそうなやばいオーラ出てるしね。

これでメラに使わせてみて、ホントに死んじゃったら寝覚めが悪いどころの騒ぎじゃないって。

しかし、どんな力があるのか気にはなる。

なので、暇で体力が余ってる時にちょくちょく素振りをしてみた。

結果、どんな効果があるのかは結局よくわからないけど、力があるのだけはわかった。

どういうことなのかというと、力の一端を見ることはできたんだ。

素振りしてよろけてこけそうになった時とか、手からすっぽ抜けて飛んで行っちゃった時とかに。

こけそうになった時は、引っ張られるみたいにして転倒が防げたり、こけた先にあった障害物が消し飛んだりした。

うん。こけそうになったことは一回や二回じゃないんだ！

私の運動神経の悪さを侮ってもらっては困る！

すっぽ抜けた時は大体私が何もしなくても戻ってくる。

ブーメランみたいに飛んできたり、転移してきたみたいに手元に戻ってきたり。

うん。すっぽ抜けたことも一回や二回じゃないんだ！

まあ、結論から言うと特殊な力があることはわかった。

ただし、発動は私の任意にはできないし、どんな能力があるのか、その全容もよくわからない。

主に私の危機に際して発動するっぽいけど、毎回発動する力が違うのでようわからん。

あと、私の手元をはなれると勝手に戻ってくるっぽいね。

どっかに置き去りにしたらどうなるんだろうと考えたけど、そう考えた瞬間に怒ったみたいにオーラの量が増えたのでやめとこうと思う。

冗談だって。半身を置いていくはずがないじゃないか。はっはっは。

歯磨き

吸血鬼は歯が命。

なんて歯磨きのCMのキャッチコピーみたいな文言が思い浮かんだわ。

なんでこんなことを唐突に思ったのかというと、ちょっとした裏切りにあったからかしら。

というのも、白に前から気になっていたことを聞いたのよ。

『ねえ、歯磨きしないの？』

っていうね。

白は私が知る限り歯磨きをしていない。

だけど、それに疑問を投げかける人はいないの。

だって、この世界には歯磨きという概念がそもそもないのだもの。

私は吸血鬼だからか、乳歯が生えてくるのが早かった。

その時に歯磨きのことが気になったのだけれど、誰も歯磨きをしてくることはなかった。

後でメラゾフィスに歯磨きのことを聞いてみたら、素で「何ですかそれは？」って返されたわ。

この世界には歯磨きという習慣がなかった。

それどころか、虫歯というもの自体がないみたい。

前世のテレビ番組で見たことがあるけれど、虫歯というのは口の中にいる虫歯菌が毒素を出すからできるもので、極稀(まれ)にその虫歯菌がいない人がいるそうよ。

そういう人は虫歯にならないんですって。

どうやらこの世界には虫歯菌が存在しないらしく、虫歯になる人はいないみたい。

虫歯にならないのだから歯磨きをする必要もないってことなの。

だから歯磨きという習慣がないのね。

けど、前世では毎日欠かさず歯磨きをしていたからか、しないと落ち着かないのよね。

歯ブラシというものがないからできないけれど。

せめてもと思ってうがいだけは食後にすることにしているわ。

水魔法を覚えたからうがいのための水は作り出せるし。

すると、それを見ていたメラゾフィスも私の真似をするようになったわ。

「お嬢様の元いた世界ではそんなことをしていたのですね。歯の健康を考えるなんて、思いつきもしませんでした」

と、しきりに感心していたわ。

そりゃ、歯の健康の心配をする必要がないこの世界の人にとっては新鮮なことでしょうね。

それに、万が一歯に何かあっても治療魔法で元通りに治すことだってできるんだもの。

魔法って本当に便利よね。

虫歯にならないし、折れたり欠けたりしても治せるのなら、歯磨きなんて面倒な習慣廃れても仕方がないわ。

だけど、やることに慣れた私にはやらないほうが違和感なのよね。

それをこの世界のもともとの住民であるメラゾフィスやアリエルさんに言っても共感してもらえ

ない。

だから、唯一私の話がわかるはずの白に話を振ったのよ。

蜘蛛の魔物だった時ならいざ知らず、アラクネになった白もそこらへん気になるんじゃないかと思って。

だけど、私の予想とは裏腹に、白は心底不思議そうな顔をして首を傾げたの。

返事がないのはいつものことだけど、何で不思議そうにしてるのかわからなくて、私も一緒になって首を傾げていたわ。

「歯磨き、したことない」

そしたら、ずいぶん経ってからそんな答えが返ってきたの。

『ええ、そうでしょうね。してるところ見たことないもの。だけど、前世では毎日してたじゃない？だからしないと落ち着かないでしょ？　私も食後はなんだか落ち着かなくて嫌なのよね』

珍しく返答があったから、私は会話を続けることにしたわ。

大体は白に無視されて会話が途切れるだけだったから、ちょっと舞い上がっちゃったのかもね。

やっとこの違和感を共有できるって喜びもあった。

だっていうのに、白は何事か思い悩むようなポーズを取った後、首を横に振ったのよ。

『ええ。わからないの？　歯磨きしないと気持ち悪くない？』

話が通じると思ったらこれだもの。

私の落胆は相当なものだったわ。

『確かにこの世界の人って虫歯にならないらしいけど、だからと言って歯磨きを全くしないっていていうのも不潔じゃない？　歯に物が挟まったまま放置とか信じられないんだけど。息が臭くなりそうで私は嫌だわ』

いくら虫歯にならないと言っても、食べかすなんかは口の中に残ることだってある。

だからやっぱりうがいだけじゃなくて本当は歯磨きもしたいのよね。

そういう思いを込めて愚痴るのだけれど、白は首を横に振るばかり。

『何？　歯磨きしないほうがいいとか思ってるの？』

白の反応についついイラっとしてきつい口調になった。

それを聞いた白は今度は手を振ったわ。

「そうじゃない」

『じゃあ何なのよ？』

私の問いかけに白は答えあぐねるみたいに沈黙した。

またいつものパターンじゃない、と呆(あき)れそうになった瞬間、意を決したように白が口を開いた。

「私、前世でも歯磨きしたことがない。虫歯にならない体質だったから」

たぶんそれを聞いた直後の私は、ポカーンとした間抜け面をしてたでしょうね。

ええ、前世の地球でも極稀に虫歯菌を持っていなくて虫歯にならない人間がいたわ。

まさか、白がそうだったなんて。

せっかく前世の習慣について思いを共有できると思ったのに、まさか白がこっちの世界の住人に近かったなんて、あんまりだと思わない？

裏切られた私はその日、いつも以上に入念にうがいをした。

キノコ狩り

「白ちゃんや、狩りに出かけるぞよ」

魔王がなんか変なノリで狩りに誘ってきた。

魔王は時々こうやって狩りに誘ってきたりする。

そういう時はその地方にしかいない、美味しい魔物が標的だったりする。

なので、私としてはその提案を受けるのは吝かではない。

ないのだけど、魔王の様子が普段とは違った。

ノリという意味でも、雰囲気的にも。

いつもはちょっと遊びに行くかー、みたいな感じで提案するのに、今回はやたら真剣で気合が入っている。

「白ちゃん、今日狩るのはいつもよりも強敵。心してかかったほうがいいよ」

何？

魔王が、あの魔王が強敵と言う魔物だと？

私が知る限り、魔王より強いのなんて管理者とかそういう規格外の存在だけ。

つまり魔王はこの世界でほぼ上限の強さを誇る。

その魔王が強敵と言う魔物。

一体どんな化物なんだ？

戦々恐々としつつ魔王についていき、そしてたどり着いたのは山だった。

緑が生い茂り、どこかのどかな雰囲気を漂わせる山。

この時点でおかしい。

え？　どこが？　と思うかもしれないけど、この世界には魔物がわんさかいる。

山と言えば魔物の宝庫。

山には常にその魔物たちの気配が溢れかえり、のどかな雰囲気になんて絶対にならない。

「ふふふ。気づいたみたいだね。この山のおかしさに」

魔王が不敵な笑みを浮かべながら山を見据える。

「この山にはとある魔物がいてね。この時期になると大繁殖して一斉に活動を開始するのさ。あんまりにも危険なその魔物に、他の魔物はやられてしまう。だからこの山には普段魔物がいない」

魔王は説明しつつ、山に踏み込んでいく。

途端、肌が粟立つような感覚に襲われた。

「来るよ」

地面が揺れている。

土がいたるところで盛り上がり、そこからその魔物が姿を現した！

その魔物は、緑色のキノコ？

「通称緑の悪魔と呼ばれ恐れられるキノコ型の魔物。秋のこの時期に大繁殖して一斉に地上に姿を現し、山に侵入してきた生物に襲い掛かる」

魔王が解説を始めている間にも、キノコがニョキニョキと地面から次々生えてくる。

そして、スイーと滑るようにしてこっちに向かってきた。

どうやって動いてんだあれ？

「この緑の悪魔の恐ろしいところは、その執念と殺傷力にある。一度獲物と見据えた相手は死ぬまで追いかける執念。そして、このキノコの攻撃方法は触れるだけ。ちなみに、触れたら死ぬ」

え？　どういうこと？

「正確には触れたら千の固定ダメージを受けるんだけど、普通の人間だとほぼそれだけで即死だね。ちなみにこの固定ダメージはどんな耐性でも軽減できない、恐ろしいものなんだよ」

何それ怖い。

触れるだけで千のダメージを受けるなんて、マジで恐ろしい。

そしてそんな危険なキノコが、大量にやってくる。

魔王が強敵と認めるのもわかる。

「けど、そんな相手にも私たちは挑まねばならない！　なぜならば、こいつらメッチャ美味いから！」

それを早く言ってほしかった！

迫りくる大量のキノコと、私と魔王による戦いの火ぶたが切られた。


で、現在私たちの目の前にキノコのフルコースが並んでいる。

キノコのスープに、キノコの和え物、キノコのサラダ、キノコのソテー……。

そして極めつきに、キノコの丸焼き。

キノコの一番贅沢な食べ方は、そのまんま焼いて醤油をたらして食べるのだと私は思っている。

ここに醤油がないのが残念で仕方がない。

日本人は異世界に行ったらまず米と醤油のありかを探すというけれど、その気持ちが非常によくわかる。

醤油は数ある調味料の中でもやっぱ最強だと思うんだ。

まあ、ないものねだりしても仕方がない。

では、キノコのフルコース、実食と参りましょう！

鮮やかな緑色という、どう考えてもキノコがしていい色じゃないそれを口に運ぶ。

毒々しい色だけど、野菜だって鮮やかな緑色なんだ。

キノコが緑色で悪い理由はどこにもない。

仮に毒があろうと、私に毒が効くはずもなし。

小さく切られたキノコを噛む。

柔らかさの中に程よい弾力がある、キノコ独特の食感。

そして噛んだ瞬間にあふれ出すキノコの風味。

人によってはこのキノコの風味が嫌いという人もいるけど、私は好きです。

うまー。

色合いからして毒物かと思ったけど、そんなことはなかった。

毒があれば苦みがあるんだけど、そんなものはなく口の中に広がる深い風味がいい。

松茸とかと似てる気がする。松茸食ったことないけど。

「どうよ。美味いっしょ」

食材調達係兼料理人の魔王が胸を張る。

うめーっす。魔王なんかやめて料理人目指したほうがいいんじゃないだろうか？

そして私たちは大量にあったキノコ料理をペロッと平らげてしまった。

しかし、キノコはまだ大量に余っている。

なんせ、一個のキノコが人の頭くらいのサイズなのだ。

一回で食べきれる量じゃない。

この日から当分の間キノコ料理づくしになるのだけれど、それでも飽きずに食べきることができた。

食材と料理の腕が合わさった結果だね。

買い食い

買い食いとは、夢と希望に満ち溢れたイベントのことである！

買って食べる。

読んで字のごとく、なんて素敵なフレーズ。

私は今まで街に足を踏み入れることがなかった。

だって蜘蛛だったし。

アラクネに進化しても下半身はガッツリ蜘蛛だもんよ。

そんなのが街に入ったらえらい騒ぎになるに決まってるだろ！

おかげで魔王やら吸血っ子やらが街に買い出しに行っている間、私はといえば街の外で隠れてお留守番。

せっかくの異世界転生だっていうのに、街の観光もできやしなかった。

まあ、万里眼使えば街の中の様子を見ることはできたから、疑似観光っぽいことはできたけど。

しかーし！　それはあくまでも見ーてーるーだーけー、状態！

美味しそうな食べ物があっても、味わうことはできないのだ！

え？　魔王の手料理味わってるんだからそれでいいじゃんって？

ちっちっち。

甘い。その意見は砂糖菓子よりも甘々でっせ！

お祭りの屋台ってなんかすっごく食べたくなるじゃん？

確かにああいうのは割高で、自分で作ったほうが安上がりだっていうのはわかる。

わかっってても買ってしまう、それが屋台効果。

心理的にはあれと一緒。

せっかくの異世界飯、どうせなら現地で街を観光しながら食べたいじゃん！

雰囲気とかシチュエーションっていうのはれっきとしたスパイスなんですよ！

魔王とか吸血っ子がキャイキャイ言いながら買い食いしているのを、遠くで黙って想像している

しかできなかった私の気持ちがわかるか⁉

だがしかし！　もうそんな悔しい思いをしなくてもいいのだ！

神化してほぼ人間形態となった今、街の中にも堂々と足を踏み入れることができる！

つまり、買い食いができる！

ひゃっほーい！

というわけで、私は蜘蛛生初の異世界観光としゃれこんでおります。

お供は魔王。

「で？　白ちゃんはどこに行きたいの？」

「買い食い」

「あ、はい」

珍しく私が即答したからか、魔王がなんか面白い顔をしている。

「うーん。しかし買い食いねえ。白ちゃんの望むものはないと思うけど。とりあえず市場に行ってみるか」

という魔王の提案に従い、私たちは街の市場にやってきた。

んだけど、人多い……。

全体的な人数はそれほどでもないんだけど、道幅の狭いところに無理矢理人が次々に突っ込んでいくものだから、結果的に人口密度が凄いことになってる。

区画整理がなってねーわ。

人波に押し流されるようにして、私たちは市場を歩いていく。

のんびり買い食いして観光とかそんな空気じゃない……。

違う。これじゃない。

私が求めていたものはこれじゃない！

そもそも、この市場に置いてあるものって、食べ物は食べ物でもほとんど素材じゃん！

調理されてない生の野菜やら肉ばっか！

買い食いするものじゃない。

「だから言ったじゃん。このくらいの小さめの街だと、買い食いするような屋台はないって」

呆れたような魔王の顔が小憎たらしい。

そうだった。ここは異世界だった。

日本の基準で考えれば、駅の近くなら何かしら買い食いできるような店がありそうなものだけど、そんな常識は異世界のここでは通用しない。

買い食いすらままならないとは、異世界恐るべし。

ていうか、そろそろ歩き疲れてきた。

しかも、人込みで酔ってちょっと気分悪くなってきた。

我が肉体の脆弱さ、恐るべし。

「ほとんどの場所が地産地消だからねえ。市場っていうとこういう生の食材並べてるところがほとんどだよ。食堂とかももちろんあるっちゃあるけど、買い食いはできないねー。皿とかただじゃないし」

ああ、そういえばそうか。

日本じゃ大量生産のプラスチック容器とかが溢れてるから、皿のことなんか気にしたことなかったけど、こっちの世界じゃ皿一枚作るのも大変なのか。

買い食いのために皿をつけてたら、割高になりすぎて売れないし、かといって安くしたら採算取れない。

そりゃ、買い食い文化がなくても仕方ないのか。

「まあ、全くないってわけでもないけどね。ほれ」

魔王が出店で何やら買い、私に手渡してくる。

受け取ってみると、それは小さな果物だった。

「甘くて美味しいよ」

魔王はそう言いながら、自分の分の果物を口の中に放り、咀嚼(そしゃく)する。

私もそれに倣って食べてみた。うん、甘い。

想像していたのとは違ったけど、異世界買い食いツアーはそこそこ楽しめた。

アエル

人形蜘蛛の一人、アエルの性格はしっかり者である。

ていうか、他の人形蜘蛛三人がダメダメなんだけど。

そんなダメダメ三姉妹の世話を焼いてるから、アエルが相対的にしっかりしてるように見えるのだ。

今も他の三人の世話に明け暮れている。

時刻はちょうどご飯時。

魔王の手によって作られた料理が、私たちの目の前に並べられていた。

料理と言っても、基本野外で活動している私たちの食べるものは、それに応じて野性味あふれるものとなっている。

魔物の丸焼きとか、大鍋（おおなべ）で野菜を豪快に炒（いた）めたものとか。

ちゃんとした調理場もないし、そこらへんは質より量でカバーする感じとなってしまうのは致し方ない。

私としては調理されているってだけでありがたすぎて涙が出てくるくらいだし、文句はない。

そんな魔王の手料理がずらっと並んだ食事風景の中、人形蜘蛛たちはといえば、それぞれ好き勝手にやっている。

まず、サエル。

迷（まよ）い箸（ばし）中。

優柔不断で意志薄弱なサエルは何を食べようか迷って迷って迷った末に、結局決められずに迷う。

どんだけー。

そんなサエルにアエルが適当に料理を皿に盛って手渡す。

こうやって強制的に食べるものをより分けないと、サエルは最後まで何も食べられずに終了してしまうのだ。

次にリエル。

リエルは食べてる最中、度々停止する。

その度にアエルが小突いて復活させるんだけど、停止してる理由はよくわからない。

魔王曰く、「リエルはちょっと、イヤ、かなりボケてるから、もしかしたら直前に何をやってたのか忘れて停止してるの、かも」とのこと。

どんだけー。

アエルが介護人に見えてきてしまうわ。

最後はフィエル。

こいつは現在アエルに羽交い絞めにされている。

なぜか？

食い過ぎである。

お調子者で考えなしのフィエルは、そのない頭のせいで周りを全く見ない。

そして、欲望に忠実。

結果、料理があれば他の人のことなど考えずに、好きなだけ食べようとする。

そして蜘蛛系の魔物は大概、過食のスキルを持っている。

過食のスキルを持っているということは、見た目以上に食べるってこと。

そんな奴が好きなだけ食べたら、他の人の分がなくなるに決まってるだろうが！

と、いうわけで、食べ過ぎる前にアエルに取り押さえられることになるのだ。

ちなみに、アエルに取り押さえられなかった場合、もれなく私の本気パンチが炸裂する。

それに比べたらアエルは何て優しいんだろう。

姉妹愛だね。

自分は嫌われてもいいから、やんちゃな妹の命を救う。

美談だねー。

ただし、食い過ぎた場合は容赦せんが。

何人たりとも私の食い物に手を出すのは許さん。

そんな私の気迫に圧倒されたのか、フィエルが羽交い絞めにされながらビクッと体を震わせた。

アエルが羽交い絞めを解除すると、そのまま大人しく座り込む。

本能に忠実に生きてる分、こういう察しはいいんだな。

まあ、こんなふうに、人形蜘蛛姉妹はアエル以外問題児ばかりなのだ。

必然的にまともなアエルが長女的な立場になって、他の三人の面倒を見る構図が出来上がるわけ。

それも方向性の違う問題児の面倒をね。

その大変さは、この短時間でアエルがこんだけバタバタしてるのを見ればよくわかるわな。

アエル有能。

超有能。

しかし、有能だからといって、働いてるからといって、私の手が止まることはない！

こと食い物に関して私が妥協するということはないのだよ！

フィエルが黙った今、私のライバルはいない！

残った料理全て平らげてやるわ！

はっはっは！

姉妹の世話で忙しいアエルの分まで私がきちんと食べてしんぜようじゃないか！

……あれ？

おかしい。

さっき見た皿の中には、まだ肉が残っていたはず。

その肉は今回の料理のメインディッシュで、個数的に一人一個ずつ食べてもちょっと余る計算だったはず。

いつの間になくなった？

ハッとしてアエルの顔を見る。

アエルは笑顔のままそっと目を逸らした。

お前かー!?　いつの間に!?

人形蜘蛛（ぐも）姉妹の長女、アエルはしっかり者である。

同時に、美味しいところをいつの間にか掻（か）っ攫（さら）っていく、ちゃっかり者でもある。

サエル

　個性的な性格の人形蜘蛛たちの中で、一番目立たない性格のくせに目立っているという矛盾した性質を持っているのが、サエルである。

　気弱で何をするのも人任せな判断で常に流されっぱなし、というのがサエル。

　それだけ聞くと確かに目立たなそうだなーと感じる。

　けど、そんなことはない。

　ぶっちゃけると、その性格、度が過ぎていて逆に目立つ。

　自己主張が弱く、常に人の指示がないと動けない。

　それってつまり、常に人の手を煩わせてるってことでもある。

　サエルはそれが極端で、人形蜘蛛の長女的立場であるアエルか、主人である魔王の手をずっと煩わせている。

　一人にさせると何にもできない。

　ホントになーんもできない、やれない、やろうとしない。

　何していいのかわかんないらしい。

　普段は魔王と他の姉妹がいるから、その行動に合わせている。

　そのおかげで小さい違和感はあるけど、そこまで言うほどの問題があるわけではない。

　緊急時は敵を倒すという大まかな目標があるので、それも問題ない。

ただ、自分の意思で自由に何でもやっていいよーと言われると、途端に何もできなくなる。

ある日、私たちは綺麗(きれい)な川にたどり着いた。

山の中ののどかな雰囲気の川で、周囲に危険もなさそうだし、ちょっとそこで遊んでいこうってことになった。

ずっと歩きっぱなしだと疲れるしね。

たまにはそういう息抜きもしなきゃやってられんよ。

で、それぞれ好き勝手に遊び始めたわけ。

フィエルは川の流れに逆らって泳ぎ始め、リエルは川の流れに従って流されていき、流されたリエルを追っかけてアエルが走って行った。

吸血っ子は河原で綺麗な石を拾っていて、メラもそれに付き合っていた。

私と魔王は糸を垂らして釣りに勤しんでましたさ。

ご飯は焼き魚だね！

で、問題のサエルが何をしていたのかというと、お察しの通り何もしてなかった。

何をしようか悩んで、あっちをうろうろ、こっちをうろうろ。

オロオロ行ったり来たり。

その姿は、なんというか、うん、なんちゅうか、うざい。

遊べよ⁉

遊んでいいっていうお達しがあるんだから、遊べばええやん！

なんで遊ばんの⁉

何がしたいんお前は⁉

そのあんまりにも主体性のない姿に、思わずイラっとしてしまった。

だって、ありえなくない？

人の言うことばっか聞いてて、自分で考えて動くことがないって。

私には理解できん。

けど、それって言いかえれば超従順ってことでもあるから、そういうのがお好みな男には受けるのかも。

究極のイエスウーマンだね。

魔王とかアエルも手のかかる子って感じの態度で、嫌ってはいないようだし。

イヤ、私も嫌ってはないよ？

嫌ってはいないけど、時々イラっとするんだよね。

もっとしゃんとしろって。

河原で何をしたらいいのかわからなくてオロオロしてる見た目幼女。

だけどその実この世界でも相当危険な激強な魔物なんだぜ？

もうちょいその実態に見合った、堂々とした振る舞いってもんをしてほしいと思うのはいけないことかね？

まあ、それ言っちゃうと他の人形蜘蛛たちにも言えることなんだけどさあ。

それでもやっぱサエルの態度はない。

他の三人も威厳があるわけじゃないけど、イラつくことはないもん。

これは、あれだ。サエルの在り方が私の矜持（きょうじ）に反するからだな。

ただ生きてるだけじゃ意味がない。

誇りがなければ真に生きているとは言い難い。

その点、サエルはホントにただ流されるままに生きてるだけ。

魔王や他の姉妹の言うことを聞いてるだけで、自分の意思がない。

それは果たして生きていると言えるのだろうか？

今のままじゃ、サエルという存在は、ただサエルという記号を与えられただけの人形なんじゃなかろうか？

いかん。いかんよ！

そんなんじゃ生きてるとは言えんでしょ！

もっと自分の意思で生きてる実感をえなければ！

それにはあれだ、生きてることを強く実感できる瞬間を与えてやればいい。

生きててよかったと思わせるんだ。

そこに自分の選択が伴っていればなおよし。


ということで、川遊びをした後日、軽く死にそうな目にあってもらった。

死んだ魚みたいな目になったサエルがそこにはいた。

おかしいな？　生きる活力を与えるつもりが、意思の感じられないレイプ目になってるぞ？

解せぬ。

フィエル

人形蜘蛛はそれぞれ性格が違う。

彼女たちは喋(しゃべ)らないし念話も使わないのに、割とはっきり性格がわかる。

普段の行動だったり、仕草だったりで。

その中でも特にわかりやすい性格をしているのが、フィエルだ。

フィエルの性格を一言で表すならば、ガキである。

人形蜘蛛の見た目は幼女なので、ガキっぽい性格でもまあ違和感はない。

けど、中身はステータス一万越えの化物で、それに見合うだけの年月は生きてきているはずである。

それなのに、フィエルの行動は見た目と同じガキそのものである。

しかもどっちかって言うと男の子っぽいやんちゃ具合の。

まず走り回る。

何もないのに走る。

とにかく走る。

私たちが黙々と歩いている中、一人だけチョロチョロと走り回る。

うん、これだけでフィエルがどんだけ普段からテンション高めなのかわかるよね。

フィエルはとにかく落ち着きがないのだ。

じっとしていられないのか、とにかく動き回る。

そしてかまってちゃん。

かまってほしくていろんな人にちょっかいを出す。

大体ハグが多い。

ただ、そこはフィエルクオリティー。

ただ思いっきり抱き着いてくるだけなのだけど、ぶっちゃけそれ突進と変わんないよね。

私と魔王はそれをくらっても耐えられる。

同じ人形蜘蛛は、体格やステータスの関係でくらうと吹っ飛ぶ。

それでもダメージは少ないからまあいい。

問題は、吸血っ子とメラである。

「お、お嬢様ー!!」

フィエルのハグという名の突進をくらった吸血っ子が、バキボキベキという人体が出しちゃいけない音をさせながら吹っ飛ぶ。

メラの叫びもきっと本人には聞こえていないに違いない。

今ごろ走馬燈（そうまとう）を見てるんじゃなかろうか？

まあ、吸血っ子は不死体という、一日に一回だけどんな攻撃を受けても生き残れるというスキルを持っているので、かろうじて死にはしない。

すぐに治療しなきゃやばいけど。

メラの必死の治療と本人の自己回復能力の高さもあって、吸血っ子はその後無事に復活した。

その間フィエルは正座させられ、魔王からお説教をされていた。

人形の体で正座させても意味ない気がするけど……。

まあ、肉体的には意味ないけど、じっとさせられて説教されてと、精神的な罰にはなったらしい。

その後、吸血っ子にハグすることはなくなった。

メラ？

もちろん、メラにもやろうとしたさ。

けど、その前に吸血っ子が止めた。

「やったら、わかるわよね？」

至近距離からフィエルを覗き込み、そっと囁いた吸血っ子。

その時の迫力はなかなかだったとだけ言っておこう。

心なしか周囲の気温も下がったように感じられた。

メラ大好きな吸血っ子が、他の女がメラに抱き着くなんてことを許すはずもなかった。

ステータスとか考えれば、吸血っ子がフィエルに勝てる要素は一個もないんだけど、それでもその気迫に気圧されて、フィエルはコクコクと頷くことしかできなかったんだからすごい。

愛の為せる業だね。

メッチャ重い愛の。

……頑張れメラ！

というわけで、どうにかこうにか吸血っ子主従にフィエルがちょっかいをかけるのはやめさせることができた。

んだけど、なぜかその後矛先が私に向くようになった。

一日一回くらいの頻度で突撃してくる。

ドーンって感じで。

それを毎回受け止めるこっちの身にもなってほしい。

ちょっと踏ん張んないと私だって吹っ飛ばされるし、ＨＰだってちょっと減るんだぞ？

けど、誰も止めてくれない。

私ならいっかっていう雰囲気があって、誰もフィエルの凶行を止めてくれないのだ！

むしろみんな私にフィエルを押し付けている節すらある！

特にアエル！

人形蜘蛛の長女的な立場のアエルが、自分の負担軽減のために私に他の姉妹を押し付けてくるのだ。

ガッデム！

なぜ私がちみっ子の世話をしなければならんのか！

しかも、自分より年上の！

そう、こう見えても私の年齢は吸血っ子とほぼ同じ。

こっちの世界では子供もいいところなのだ。

対してフィエルは見た目は幼女だけど、正確な歳はわからないにしても私より確実に年上。

年下が年上の面倒を見るとか、おかしいよね？

解せぬ。

リエル

人形蜘蛛たちの中で一番理解不能なのは、リエルである。

イヤ、もうホントわかんない。

理解不能、ある意味UMAだよあれ。

魔王はリエルのことを天然ボケと評しているけど、それじゃ説明のできない謎が多すぎる。

まず表情。

人形蜘蛛の表情は人形を操って意図的に動かすことによって変化する。

人間みたいに感情の変化で表情が変わるわけじゃない。

なので、人形蜘蛛たちはたいてい自身がその時抱いている感情を相手に伝えたいときだけ、表情を変化させる。

普段は人形みたいに一つの表情で固定されてるね。

人形みたいに、っていうか、正真正銘人形だし。

その固定された表情が、微笑んでいるのだ。

うん、まあ、それはいい。

アエルとかフィエルも大概笑ってる顔で固定してるし。

けど、なんていうかリエルの表情は、ちょっと何考えてるのか理解できない、空恐ろしさがあるんだよね。

姉妹の中で一番落ち着いた雰囲気の顔立ちだからなのかもしれないけど、なんていうか感情を読ませない微笑って感じ。

そしてその表情から動くことがほとんどない。

表情の変化がないって、そりゃ感情が読みにくいに決まってるよね。

おかげで私は未だにリエルが何を考えているのかわからん。

他の人形蜘蛛たちは表情が動かなくても、それなりに何を考えているのか身振りとかでわかるんだけどなー。

表情以外にも、リエルは行動そのものが謎すぎてわからん。

何もないところでこける。

ステータス一万越えの化物が、どうして何もないところでこけることができるのか？

逆に不思議だわ。

時折止まる。

ふと、まるで一時停止をしたかのように、ピタッと動きが止まることがあるのだ。

時止め攻撃でもくらってるんか？

何もないところを眺めていることがある。

何かあるのかなー？　と思ってもホントに何もない。

視認もできないし探知にも何も引っかからない。

一体彼女は何を見ているというのか？

フェレンゲルシュターデン現象か？

そんな感じで謎が謎呼ぶリエルたん。

けど、普段のそんな謎行動が些細と感じられるくらい、ちょっとリアクションに困った事件があった。

それはとある森の中を進んでいる時のことだった。

その森で一番の強者、でっかいクマが襲い掛かってきたのだ。

立ち上がると全長八メートルはあろうかという、見上げるくらいのでかさのクマだった。

そして、魔王の威圧を受けてもこっちに向かってくる、かなり度胸と気合のあるクマである。

普通の魔物だったら魔王の威圧を恐れて襲い掛かってこない。

その威圧の恐怖に打ち勝ち、私たちの前に姿を現したクマは、かなり立派である。

賢いとは言い難いけど。

そんなクマさん、リエルに一蹴される。

文字通り、顎に見事な蹴りを受けて。

サマーソルトキック！

まあ、見事なとか、華麗にとか、そういう感じではなかったけど。

私の勘違いじゃなければ、あれ、こけたんだよね？

踏み出そうとして盛大にこけて、なんかサマソっぽくなっただけだよね？

どうしてこけただけで八メートルの巨体を誇るクマの顎を蹴り上げられるのか謎すぎる。

どんだけ派手にこけてるん？

だって、顎までの距離地上から七メートルは余裕であるのに、そこに届くんだよ？

おかしいっしょ。

そして、こけただけとはいえ、そこはステータス一万越えのリエルの蹴りっぽい何か。

そこらの魔物に耐えられるわけもなく、クマは昇天しました。

頭の原型がとどまっていただけマシだったと言っておこう。

本気の蹴りだったら頭が爆散してただろうし。

けど、こけたのが恥ずかしかったのか何なのか、リエルは倒れたクマの頭をペシペシと叩(たた)いていた。

いつもの微笑を浮かべながら。

こえーって！

ドン引きだよ！

見た目幼女がある日森の中でクマさんに出会ったらクマさんが逝ってしまわれました！

こういう時どんな顔をすればいいいと思う？

人形蜘蛛たちの中で最も恐ろしいのはリエルだと思うんだ。

何をしでかすかわからないし、理解不能だし。

存在自体が軽くホラーだよ。

魔王の次に敵に回しちゃいけない。

味方でも何するのかわからなくて見ててハラハラするから心臓に悪いけど。

ちなみに、クマはクマ鍋(なべ)になりました。

美味しかったです、まる。

ある日の魔族領

魔族領は大陸の北側に存在する。

そして人族領に近い南側ほど人口が多い。

これはどうしてかと言うと、とても単純でわかりやすい理由が二つあるんだなー。

冷たい風が我が身を襲い、思わず身震いする。

かじかんだ手に息を吹きかけるも、冷え切った指先はそんなことじゃ温まってくれない。

そう、まず寒い。

魔の山脈ほどじゃないけど、北に行けば行くほど平均気温が下がっていき、住みづらい地になっていく。

手をこすり合わせる。手袋でも持ってくればよかった……。

吸血っ子たちが手袋してないからすっかり忘れてたよ。

あいつら剣を持つのに邪魔だからって素手だもんなー。

吸血っ子が大剣を握り、迫ってきていた魔物に向けて振るう。

重そうな大剣が軽々と振り抜かれ、魔物がきれいに両断される。

身の丈三メートルくらいのでかい魔物も、吸血っ子にかかれば一刀両断だった。

デルームベイクというこの魔物、オオカミとクマを足して二で割ったような顔に、半人半獣とでも言うべきなのか、二足歩行も四足歩行もできる毛むくじゃらの体をしている。

魔族領ではかなり強い部類の魔物らしく、こいつが一体出るだけで大騒ぎになるくらいにはやばい。

まあ、それは普通基準の話であって、私らにとっては脅威でも何でもない。

……私らにとっては。

そこら中から聞こえる獣の唸り声。

周囲を見れば、両手の指で数え切れないデルームベイクの群れ。

……うん。こんなのがうじゃうじゃいるところに人が住めるわけないわな。

魔族領の北側はこのように、寒さと魔物の脅威で人が住みにくい地となっているわけですよ。

まあ、ここは比較的南側なんだけど、どうもこのデルームベイクの群れがそのまま南進しそうだったんでその駆除に乗り出したわけです。

メンバーは、私、吸血っ子、メラ、鬼くん。

ついでに魔王と人形蜘蛛たちも暇だからってついてきたけど、あいつら魔物そっちのけで凍った池だかなんだかでスケートしてやがる。

働け魔王様。

まあ、正直このくらいの魔物なら魔王たちがいなくても大丈夫なんだけどさあ。

吸血っ子、メラ、鬼くんの三人でもお釣りがくるくらい。

吸血っ子は突っ立って、近づいてくるデルームベイクを片っ端から一刀両断にしてる。

単純労働の作業感すらあるわ。

これで負けろと言うほうが逆に難しい。

不動の吸血っ子に対して、メラは動き回っている。

敵に囲まれないように常に立ち位置を変えて、なるべく一体ずつ相手にしてる。

そして一対一でも油断せず、相手の動きをきっちり見て、的確にさばいていく。

イヤー、堅実。

見てて安心感がある。

で、最後の鬼くんはと言うと、これがなかなかに苦戦している。

危うく一発もらいそうになったり、囲まれそうになったり。

んー？

でもその割には余裕がうかがえる。

これ苦戦してるっていうよりかは、戦いながらいろいろ試してる感じか？

チラチラと吸血っ子とメラのこと見ながら戦ってるし。

主にメラのほうを見てるな。

これ、メラの動きを参考にして取り入れようとしてる？

はー、なるほど。戦いながら修行してるのか。

上昇志向の激しいことで。

まー、この三人なら余裕で魔物の殲滅(せんめつ)くらいできるし、ここに魔王様ご一行を加えるとオーバーキルになっちゃうか。

え？　私？

私はほら、見守るのがお仕事っていうか、ね？

それに行きと帰りは私の転移で送り迎えするんだし。
このデルームベイクの群れを見つけたのも私だし。
だしーだしーだしー。
うん。私働いてる働いてる。超働いてる。
異論は認めない。
きゃっきゃ、とスケートで遊んでる連中に比べればずっと働いてるって。
そっちを見れば、魔王たちが優雅に氷の上を滑っている。
魔王の滑りは非常にきれいだ。
もともとの身体能力の高さもあって、まるでプロのスケーターみたいに優雅だ。
あ、ジャンプした。
目測で四回転。
地球だったら世界選手権に出れそう。
魔王のジャンプを見たフィエルがマネをしてジャンプ。
けど、勢い余って回りすぎてる。
目測、何回転だこれ？
ちょっと計測できないくらい回ってる。
あんまりにも勢いが良すぎて、着地した瞬間氷が砕け散っちゃってるじゃん。
うん。優雅さの欠片もない。
結論。スケートのジャンプの回転数は多すぎてもダメ。

お、魔王がイナバウアーしてる。

上半身後ろに倒しながら滑るあれ。

正式名称はレイバックイナバウアーっていう。これ豆知識ね。

おや？　リエルが魔王のマネをしてイナバウアーを……、イヤ、あれイナバウアーか？

頭が地面すれすれのところまでのけぞって、手をだらんとさせながら、横じゃなくて前に滑ってってるぞ？

え？　どうしてその状態で前に進めるの？

おかしくない？

なんかイナバウアーじゃなくてブリッジしながらスイーって前に進んでるみたいな、気味の悪いことになってるんだけど？

悪魔に取り憑かれてるって言われたら納得できる不気味さだわ。

……見なかったことにしておこう。

アエルは脇のほうで一人カーリングに勤しんでいる。

適当な石を滑らせて、氷の上に描いた円の中にその石が止まるようにして遊んでいた。

ちゃんと先攻後攻に分かれて交互に石を滑らせているらしく、前に滑らせた石が円の中心にあると、次に投擲(とうてき)する時はそれを弾き出すようにしている。

一人対戦……。

一人じゃんけんみたいな、なんていうか、こう、見てると友達いないのかなって、ちょっと悲しくなる光景。

でも、普段手のかかる他の三人の世話をしっぱなしだからか、一人遊びに興じるアエルはどことなく生き生きとしている。

アエルの新しい一面が見えた気がした。

最後の一人、サエルはと言うと……。

氷の上でプルプル震えていた。

初めてスケートに来た子供そのものって感じ。

和むわー。

まさかサエルを見て和む日がこようとは。

他の三人があれだけに、その普通の反応がとても和む。

そうそう。こういうのだよこういうの。

お前のステータスでどうしてできないの？　って思わなくもないけど、こういう普通の子供っぽい反応もいいよね。

なお、そのすぐそばでは未だ魔物の群れとの戦いが繰り広げられている。

そっちは和む要素一個もない！

そして、そんな殺伐とした状況のすぐ近くで、暢気(のんき)にスケートに興じてる連中がいるっていうのも、ある意味怖いよね。

……とりあえず全員分のスケート靴は用意してあるから、魔物の掃討が終わったらみんなでスケートするか。

ここまでで、メインキャラクターと言われるキャラクターたちの紹介が終わりました。
この後は、輝竜先生のイラストコーナーと本作中で一番二番を争う目玉の
戦争『人魔大戦』のお話です。ですがその前に！

馬場翁 一問一答インタビュー　その3

WEBと書籍の違いについて

担当：WEB連載版と書籍版では、途中から流れが大きく変わっていますよね。変えようと思った理由はなんだったのでしょうか？

馬場：変えようと思ったというよりは、変えざるをえなかったんですよね。4巻からWEBと書籍で大きく内容が変わったんですけど、4巻のストーリーにオチがなかったんですよ。ソフィアとサリエーラ国の色々をやるとなると1冊にまとめるのが難しくて、4巻5巻の2冊に亘ってやることにしたんですよね。でもそうしたらWEBのままだと4巻が、蜘蛛子が外の世界をブラブラするだけの話になってしまって。だからマザー戦いれたり、魔王との確執を描いたり。4巻のオチを作るためになにか山谷をつくって結末をつくる必要があって、結果的にWEBとは内容が変わりました。あとは、WEB版では読みやすさを重視していることもあって、世界の状況説明をしきれていないところがあったんです。なので、オウツ国とサリエーラ国の関係性とか、神言教やポティマスの思惑とか、そういうのを丁寧に描きたかったこともあり、書き下ろし部分が多くなりました。

担当：連載と書籍はまったく別物ですからね。1冊の本としての満足度を高めるために必要な変更だったということですね。

馬場：6巻での書き下ろしも、そのような意図で増えました。5巻までで出てきたキャラ、アリエル、ソフィア、メラゾフィス達の心情を一度整理してあげたくて、腰を落ち着けたかったのが理由です。それぞれのキャラがどう思って、どういう心情で進んで行くのかを明確にしないと、この先の旅がぼやけちゃうので。そういう感じで1巻ごとのテーマやオチ、見せ場を考えているうちに、もうWEBの流れには戻ってこれなくなってしまいました(笑)

担当：パペットタラテクト達もWEB版ではここまでメインキャラになっていなかったですよね。

馬場：他キャラが精神的に思い悩んでいるなかの、息抜きとしても必要でしたしね。この子達、しゃべらないくせにキャラが立ってしまって……。勝手に動いちゃった系のキャラ達です。

キャラクターデザインについて

担当：イラストを担当してくださっている輝竜司先生のデザインで、一番「これ好き！」と思ったのは誰ですか？

馬場：一番ビビッときたのは、メラゾフィスです。メラのキャラデを5巻作業中に見たときに、「これがメラゾフィスだ!!」とバッチリハマりました。それまでメラは自分の中で割とモブというか、印象がモヤモヤフワフワしていたのですが、輝竜先生のデザインを見たときにカチッと填まって。その瞬間から、メラの背景や心情がババババ〜っと鮮明に見えてきたんです。そのおかげで、6巻でちゃんと彼を深掘りできました。

担当：馬場先生は、いつも基本デザインは輝竜先生にお任せしていますよね。キャラの設定はすごく作り込まれていますが、あまり外見までは決めこまないようにしていらっしゃるんですか？

馬場：外見に関しては、あえて決めすぎないようにしてます。もともとWEB連載でイラストなんかないわけですから、読み手に自由に姿を想像して欲しいという意図がありました。なので設定的に決まっていること以外は、あまり決め込まないようにしていました。シュンくんは最初キャラデが来たときに割とつり目気味だったのですが、自分の中ではもっとなよっとしたイメージだったので、輝竜先生から見るとこういうキャラに見えているんだなって新鮮に感じたことはあります。

以上、馬場先生への質問コーナーでした。『蜘蛛ですが、なにか？』の設定について色々お話させていただきましたが、いかがでしたか？　作品にもっと興味を持って頂けたのなら嬉しい限りです。

Kumo desuga, nanika?

蜘蛛ですが、なにか？

Kumo desuga,nanika?
Extra

イラスト集

Illustrations

Extra

ILLUST ―― 成田アニメデッキオープン記念イラスト ――

蜘蛛子ができるまで

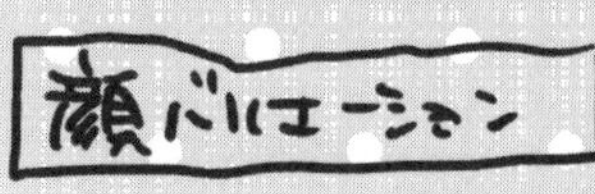

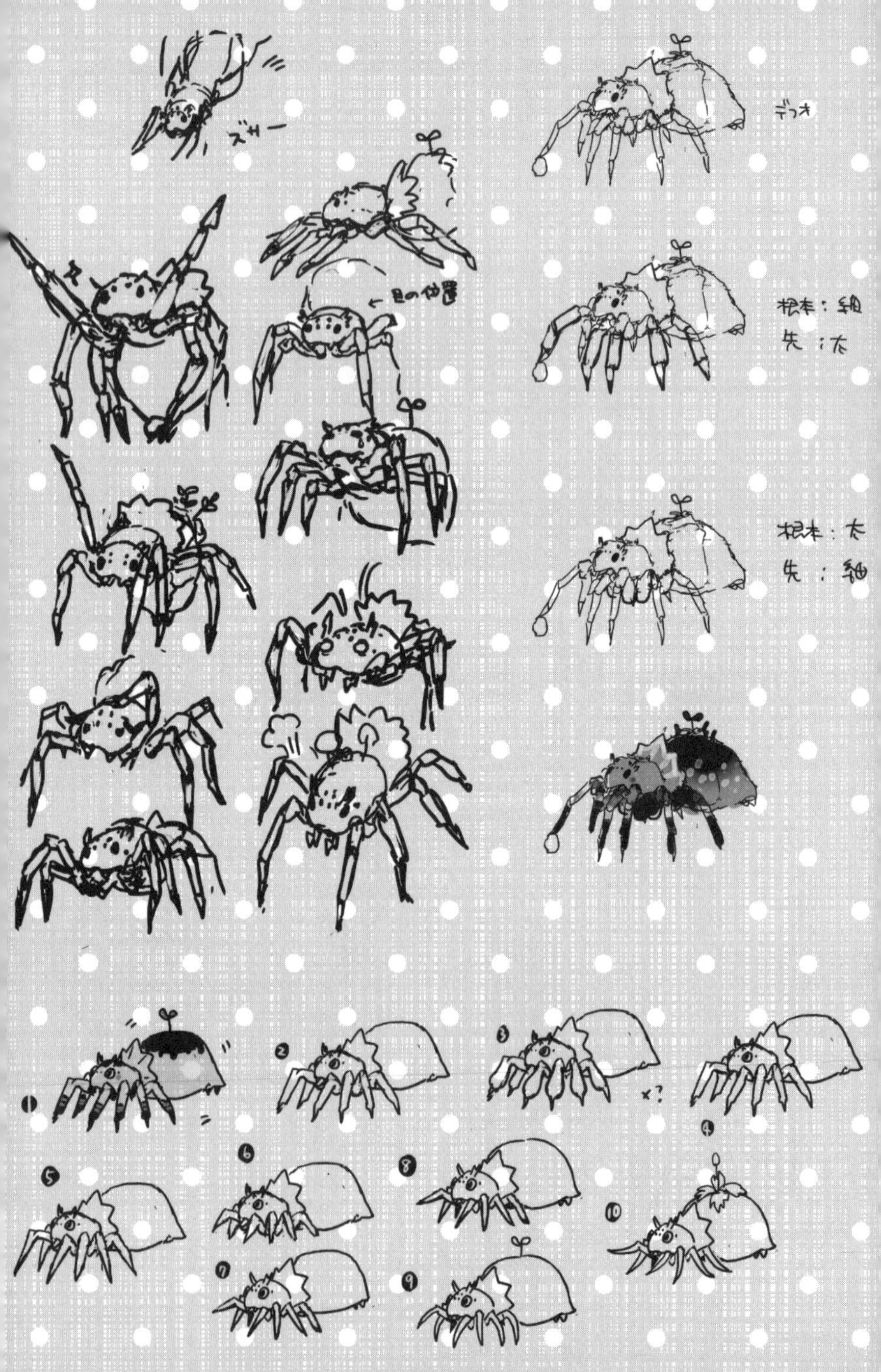
ズサー
←目の位置
デフォ
根本：細
先：太
根本：太
先：細
1
2
3
4
×?
5
6
7
8
9
10

☆マークあたりかなと考えています。

▲ BOOK ILLUST ── 蜘蛛ですが、なにか？ 1巻カバー ──

▲BOOK ILLUST ── 蜘蛛ですが、なにか？ 5巻カバー ──

▲BOOK ILLUST ― 蜘蛛ですが、なにか？ 7巻カバー ―

BOOK ILLUST ―― 蜘蛛ですが、なにか？ 10巻カバー ――

—蜘蛛ですが、なにか？ 11巻カバー—

―― 蜘蛛ですが、なにか？ 13巻カバー ――

TSukasa KiRYu @citrocube

Kumo desuga nanika?

蜘蛛ですが、なにか？

Kumo desuga,nanika?
Extra

人魔大戦

The Great Human - Demon War

Extra

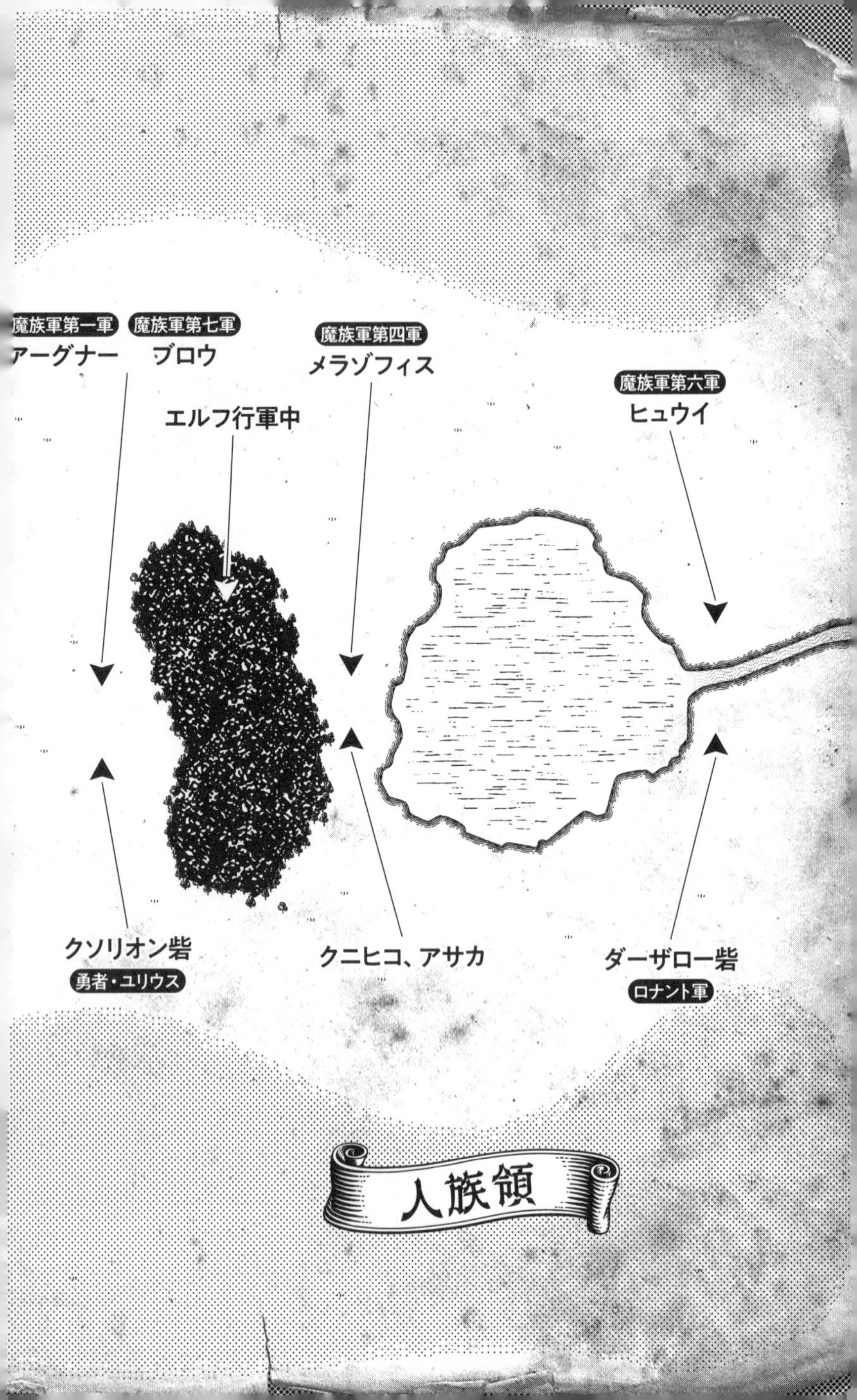

魔族軍第一軍
アーグナー
魔族軍第七軍
ブロウ
魔族軍第四軍
メラゾフィス
魔族軍第六軍
ヒュウイ
エルフ行軍中
クソリオン砦
勇者・ユリウス
クニヒコ、アサカ
ダーザロー砦
ロナント軍
人族領

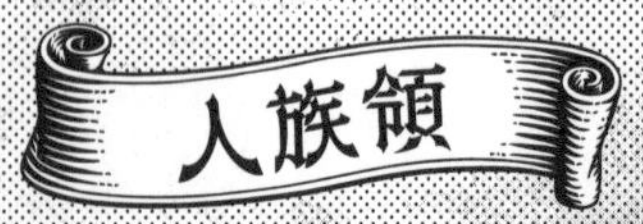

魔族領

魔族軍第二軍
サーナトリア
魔の山脈
魔族軍第八軍
ラース

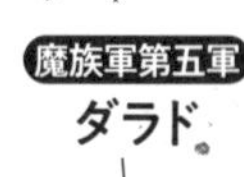
魔族軍第五軍
ダラド

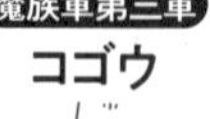
魔族軍第三軍
ココウ

オークン砦

ニュドズ

アーグナー

（アーグナー・ライセップ）

Agner Ricep

「儂のこの命は魔王様に捧げた」

魔族軍第一軍軍団長。魔族の英雄とも言うべき、文武に優れた名将。魔族の存亡を第一に考え、その障害となりうるのであれば魔王でさえ排することをいとわない。しかし、策をめぐらせアリエルを排除しようと試みるも、失敗。己の敗北を認め、魔族を存続させるには魔王のもと人族に勝利するほかないと、アリエルに恭順の意を示した。ユリウスを抜かした勇者パーティーを一人で相手取り、激戦の末に戦死した。

▶Personal Data

- 得意技：片手剣、闇魔法
- 好きなもの：子供の笑顔
- 嫌いなもの：魔族に仇なすもの

若すぎ？

軍服すぎるので
もう少し
ファンタジーに
よせたいです

白マユの方が
それっぽい
ような…
フケすぎ？

バルト

(バルト・フィサロ)

Balto Phthalo

魔族領フィサロ公爵。元魔族軍第四軍軍団長。しかし、政務にかかりきりだったために、実際に軍を率いていたのは弟のブロウだった。政務に専念するために軍団長の座をメラゾフィスに明け渡し、魔王アリエルの片腕として裏方に回っている。人魔大戦前は戦争準備のため、大戦後は戦後処理のため、変わらず寝る間も惜しんで働き続けている。

▶Personal Data

得意技	不眠不休の執務
好きなもの	読書
嫌いなもの	過労

「魔王様に逆らうなんて馬鹿な考えはするんじゃない」

リール的な何か
作画当時はこちらに近いイメージだったようです
ひもトジ
こちら開き
ベルトに通す
色はパーツ分け仮のものです
ひっぱるととれる?
メモとか頭のいたそうなこと

ブロウ

（ブロウ・フィサロ）

Bloe Phthalo

魔族軍第七軍軍団長。元魔族軍第四軍副軍団長。軍団長で兄のバルトに代わり、第四軍を実質率いていた。魔王アリエルへの態度の悪さを利用され、反乱を起こした第七軍の軍団長に据えられ、反魔王勢力の旗印に担ぎ上げられてしまう。なんとか彼らをまとめ上げ、反乱を起こさせることなく人魔大戦に臨むも、勇者ユリウスを相手に引けない戦いを強いられることに。勇者ユリウスと剣を交えるも、届かず戦死。

▶ CHARACTER ── ブロウ・フィサロ ──

「大将が真っ先に逃げるわけにはいかねえだろ」

▶Personal Data

- 得意技　両手剣
- 好きなもの　兄貴、部下ども、白
- 嫌いなもの　魔王

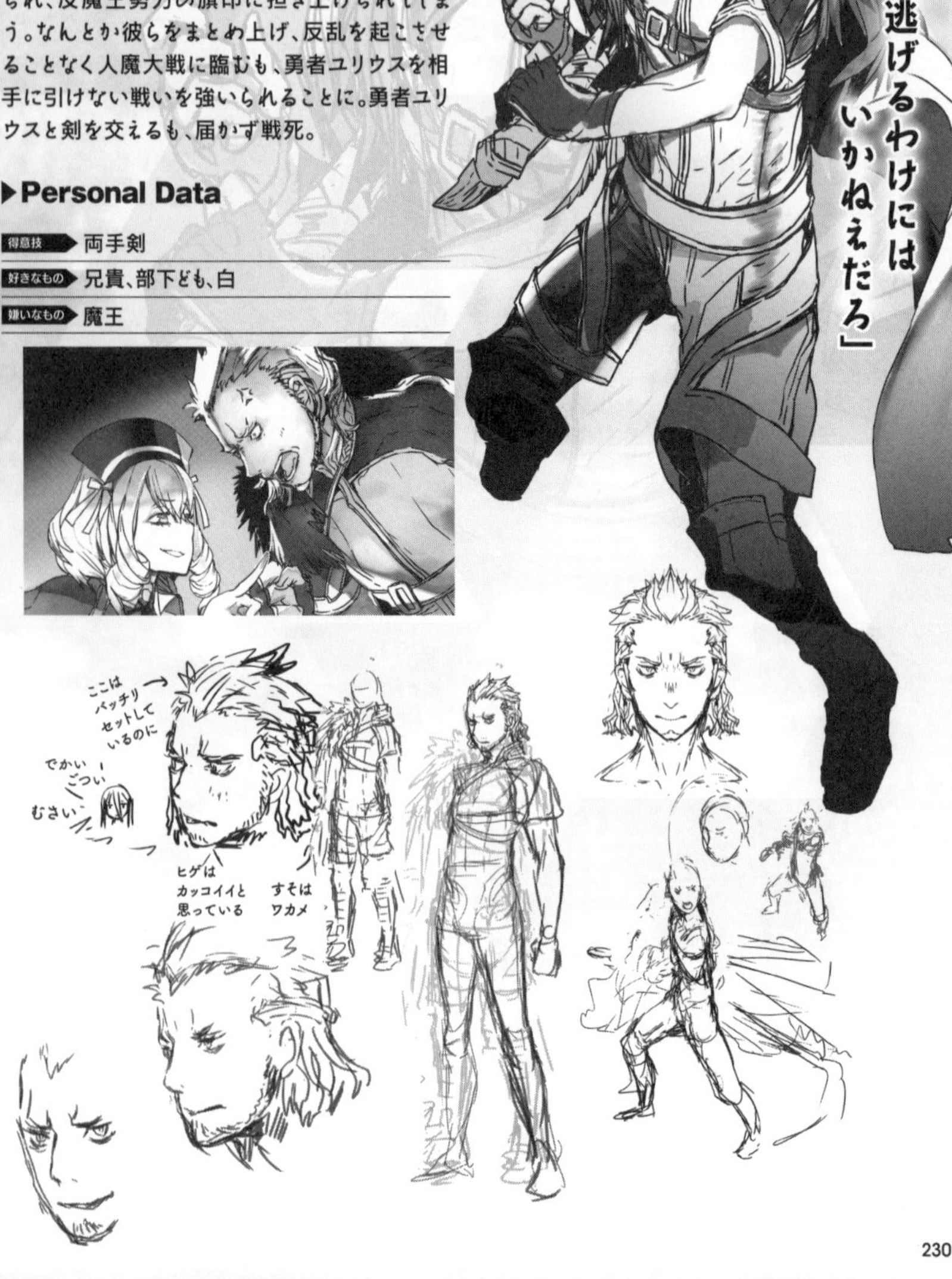

ギュリエ

(ギュリエディストディエス)

Güliedistodiez

真なる龍。システムの管理者の一人。最高管理者のDは半ばその役割を放棄しており、もう一人の管理者であるサリエルは自由意志を奪われてシステムの核となっているため、実質唯一の管理者と言える。世界の崩壊を止めるべく、Dに頭を下げて頼み込んだ。その結果作られたのがシステムであり、その管理者として世界の行く末を見守ることが義務付けられている。

▶Personal Data

得意技	真なる龍由来の能力、空間魔術
好きなもの	サリエル、この世界
嫌いなもの	ポティマス

サーナトリア

（サーナトリア・ピレヴィ）

Thanatolia Pilevy

魔族軍第二軍軍団長。淫技のスキルを駆使して敵を篭絡するサキュバス族と呼ばれる一族の長。反乱軍に陰ながら協力していた軍団長の一人。その理由は人族との戦争が面倒で、そんなことをすれば贅沢ができなくなるからという、俗なものだった。しかし、反乱は失敗に終わり、サーナトリアの関与もバレ、アリエルに脅されてしまう。命惜しさになんとか点数を稼ごうと躍起になっている。

▶Personal Data

得意技▶ 洗脳、鞭、毒

好きなもの▶ 贅沢

嫌いなもの▶ 面倒ごと

「ごめんなさいね、魔王様。私、あなたの思惑に素直に乗るつもりはないの」

ヒュウイ

（ヒュウイ・ギデク）

Huey Guidek

魔族軍第六軍軍団長。魔法を得意とする最年少の軍団長。最年少であることもさることながら、少年のような見た目にもコンプレックスを持っている。他の軍団長に追いつこうと必死になるあまり、先輩軍団長の話を鵜呑みにしがち。そのせいで反乱軍に加担することになり、サーナトリアともどもアリエルに逆らえなくなる。粛清されるのを恐れて逸るあまり、大戦にて引き際を誤り戦死。

▶Personal Data

得意技	氷魔法
好きなもの	魔法、魔法書
嫌いなもの	肉体言語

「僕らがもがき苦しんで死んでいくのを笑って楽しむ、化物だ！」

フェルミナ

Phelmina

本来であればれっきとした貴族の娘だったのだが、学園でのソフィアを中心としたいざこざが原因で家を勘当され、家名を捨てることに。父親は財務省のトップで元魔族軍第十軍軍団長。現在は白織に第十軍軍団長の座を明け渡しており、その伝手もあって娘のフェルミナが第十軍に入隊することに。白織の下で地獄の特訓を施され、暗殺者としての腕前は世界最高レベルに成長。

彼女自身は何も悪いことをしていないのに、婚約破棄されて家を勘当され、地獄の特訓で生死の境をさまよい、白織の下にいるせいで知らない方が幸せだったあれこれを知ってしまい……と、何かと幸薄な少女。

ソフィアが起こしたいざこざが吸血鬼としての特性によるものであり、ソフィア自身に悪気があったわけではないと知ってはいるが、そもそも性格が合わないのでぶつかりがち。

▶Personal Data

得意技	チャクラムでの暗殺
好きなもの	平穏
嫌いなもの	バカ

ユリウス

（ユリウス・ザガン・アナレイト）

Julius Zagan Analeit

勇者。アナレイト王国の第二王子。シュンの同母の兄。幼いころに勇者の称号を得て、それからずっと勇者として各地を回り、困った人々を助け続けてきた。人の悪意や、どうしようもないこの世の理不尽さなどを知りつつ、それでも自らが勇者として人々の希望の光になるのだという想いを胸に掲げる。人魔大戦にて突如現れたクイーンタラテクトを倒すという快挙を成し遂げるものの、白織の手により戦死。

▶Personal Data

得意技　光魔法、両手剣

好きなもの　みんなの笑顔

嫌いなもの　不幸、戦い

「僕が人々の希望になり、悪は必ずや僕が許さないという姿を見せ続けます」

ヤーナ

Yaana

元は孤児のため、苗字はない。ユリウスと同い年で、裏表のない性格で真面目という理由で聖女に選ばれた。聖女候補としての成績は上の下といったところで、年齢を考えれば優秀だが、取り立てて目立つ存在ではなかった。そのため、聖女として相応しくあろうと気合をいれつつプレッシャーを感じている。その気合が空回りすることも多々あり。ユリウスには、勇者で王子という憧れと、自分と同じくプレッシャーに耐えているという同族意識のほか、一目惚れに近い好意を最初から持っており、それが恋心になるのに時間はかからなかった。人魔大戦戦場にて、クイーンタラテクトの攻撃からユリウスを守り、死亡。

▶Personal Data

得意技	治癒魔法、支援魔法
好きなもの	ユリウス、正しい行い
嫌いなもの	はしたない言動、悪

「聖女はいついかなるときも、勇者様の傍にいるものです!」

ハイリンス

（ハイリンス・クオート）

Hyrince Quarto

アナレイト王国のクオート公爵家の次男。ユリウスの幼馴染で、その関係から勇者一行の盾役としてパーティーに加わる。ざっくばらんでわかりやすい性格、と見せかけて、実際には思慮深くどこか老成している。たびたびユリウスには的確なアドバイスを送っている。ユリウス亡き後はシュンのパーティーに加わり、兄貴分としてシュンたちを引率している。その正体はギュリエディストディエスの分体。

▶Personal Data

得意技	盾、投擲
好きなもの	頑張る人
嫌いなもの	努力しない人間

「バーカ！　お前を置いて逃げられるか！」

ジスカン

Jeskan

勇者一行の戦士。元Aランクの凄腕の冒険者。生まれ故郷の村を飛び出して、一文無しの状態からAランクまで上り詰めた実績がある。複数の武器を使いこなす独特の戦い方は、極貧時代に廃棄寸前の武器を手当たり次第に拾って使っていたから身についた技術。人魔大戦にてアーグナーと刺し違えるような形で戦死。

▶Personal Data

得意技	武器複数種
好きなもの	金、安定した生活
嫌いなもの	不良品の武器、がめつい商人

「俺たちと関わりの深い連中はみんなお前の働きをよく知ってる。胸を張れ」

CHARACTER —— ホーキン ——

ホーキン

Hawkin

勇者一行の雑用係。元は怪盗千本ナイフと呼ばれた有名な義賊。戦闘能力は勇者一行の中で最弱だが、裏方としてユリウスたちの活動を支えた陰の功労者。ジスカンからはユリウスの次に死ぬべきではない人物と言われた。人魔大戦にてジスカンとともにアーグナーと刺し違えるような形で戦死。

▶Personal Data

得意技	魔道具、投擲
好きなもの	子供
嫌いなもの	汚職

「あっしの弱さも全部ひっくるめて、若かったたっちゅうことですわ」

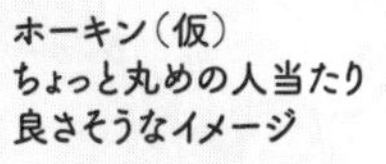

ホーキン（仮）
ちょっと丸めの人当たり
良さそうなイメージ

ロナント

(ロナント・オロゾイ)

Ronandt Orozoi

レングザンド帝国筆頭宮廷魔導士。剣技の先代剣帝と並び、魔法のロナントと評される人族最強の魔法使い。『迷宮の悪夢』との邂逅を機に、己の弱さを自覚。それからさらに修行を重ね、老いてなお力を増した。しかし、それでも真の強者には届かないと、己の限界を悟り、ならば誰かに委ねようと弟子の育成に力を入れている。しかし、未だ弟子の中で自身を超える人物がいないのが目下の悩み。

▶Personal Data

得意技 多属性魔法、空間魔法

好きなもの 魔法

嫌いなもの 早死にする連中

オーレル

（オーレル・シュタット）

Aurel Stadt

レングザンド帝国の貧乏田舎貴族の末娘。レングザンド帝国宮廷魔導士。ロナントの弟子二号。ロナントのお世話係として雇われた、はずが、なぜか魔法の才能を見出されてロナントの弟子に。さらに気づけば宮廷魔導士に。さらにさらに気づけば嫁き遅れの年代に。どうしてこうなったと頭を抱える、いろいろと残念な女性。しかし魔法の腕前は超一流で、ロナントに次ぐ実力の持ち主。

▶Personal Data

- **得意技** 多属性魔法
- **好きなもの** まだ見ぬ未来の旦那様
- **嫌いなもの** クソ師匠、クソ同僚ども

「そういうの世間ではなんて
言うか知ってるっすか？
セクハラっつーんすよ？」
オーレル
8歳時

クニヒコ

Kunihiko

転生者、田川邦彦の生まれ変わり。魔族領と人族領の境界線、通称人魔緩衝地帯の部族出身。アサカとは転生前も幼馴染みだったが、生まれ変わっても同じ部族で幼馴染みとして育った。部族は魔族領から人族領への侵入を防ぐ役割を担っており、境界線に現れた見知らぬ人物には容赦なく襲い掛かる。その性質上、顔見知りには甘いが、それ以外には徹底して排他的。クニヒコは魔族と戦う戦士たちに憧れていたが、メラゾフィスの急襲により部族は壊滅。生き残ったアサカと共に冒険者として世界中を旅することになる。たぶんアサカがいないと生きていけないくらいに、アサカのことが好き。部族の仇であるメラゾフィスを討ちたいと思っているが、アサカをそこに巻き込むことには引け目を感じてもいる。でも隣にいてほしいから、やっぱり一緒に来て欲しいという矛盾した気持ちと葛藤中。

「へっ！　俺とアサカなら、数がいくらいようとどうってことねえさ」
——クニヒコ

▶Personal Data

前世の名前	田川邦彦	読み方	たがわくにひこ
得意技	魔剣での剣技		
好きなもの	アサカ、冒険、かっこいいこと		
嫌いなもの	魔族、ダサいこと		
固有スキル	冒険者		

冒険者にとってあれば便利な効果を詰め合わせたスキル。体を清潔に保つクリーン、物を異空間に入れて持ち運ぶことができるアイテムボックス、自分のステータスを閲覧できるステータスオープン、などなど。

両手持ち→

血管的な
何かで中空に

焼いて叩いて
のばした龍の牙

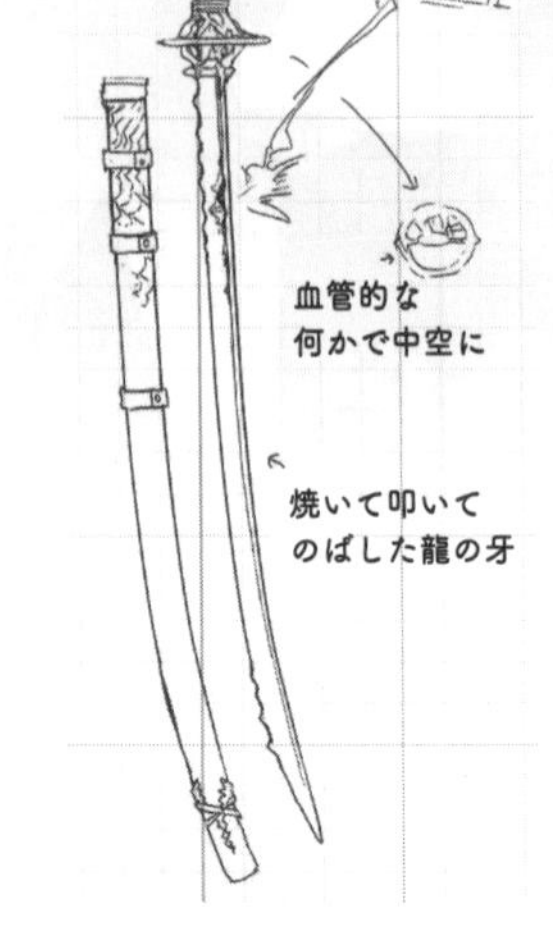

アサカ

CHARACTER —— アサカ ——

Asaka

「クニヒコ。調子に乗らないの」

転生者、櫛谷麻香の生まれ変わり。クニヒコと同じく人魔緩衝地帯の部族で生まれ育つ。転生前も慎重派で、波風立たない生活を望んでいた彼女は、生まれ変わってからも考え方は変わっていない。部族を滅ぼしたメラゾフィスを討ちたいという気持ちがゼロなわけではないけれど、そんなことよりもクニヒコとの静かで幸せな暮らしを望んでいる。しかしクニヒコが冒険好きなので、仕方がないなと思いつつ一緒に冒険者として旅していくうち、いつのまにか有数の高ランク冒険者になっていた。

▶Personal Data

前世の名前 櫛谷麻香　読み方 くしたにあさか

得意技 風魔法、遠距離魔法

好きなもの クニヒコ、静かで安定した暮らし

嫌いなもの 危ないこと、予想外の展開

固有スキル ものぐさ効率厨

スキル全般の熟練度の上昇値がわずかに上がる。また、確率補正など、スキルによる判定の成功率が若干上がる。

ILLUST ——老師ロナントと弟子の日常——

弟様応援隊

はい！　わたくしフィサロ公爵家で侍女をしている者です！

なんとこの度、弟様が恋に落ちました！

驚きです！

弟様ことブロウ様は、はっきり言って女心のわからないあんぽんたんです！

もともと女っ気のない生活をしていた上に、あんぽんたんなので女の人がそもそも寄り付かないのです！

肩書だけ見ればお買い得なのに、それでも女の人が寄ってこないあんぽんたんぶりなのです！

今まではそれで問題ありませんでした！

弟様は女性に興味のないあんぽんたんでしたから！

ですが、そんな弟様が恋に落ちた！

このまま何もしなければ、弟様はあんぽんたんぶりを発揮してすぐにお相手にそっぽを向かれてしまうことでしょう！

「それを阻止するためにも、我々従者一同が弟様をサポートすべきなのです！」

「あー、君。雇用主の弟をそこまで悪し様に言うのはどうかと思うのですが？」

執事長が何か言っていますが、スルーです！

執事長だって内心では弟様のこと散々罵(のの)しってるはずですから！

「あの言動に似合わず堅物の弟様が恋に落ちたんですよ⁉　これを応援せずにいられますかってんですよ！」

「それで、本音は？」

「さっさと身を固めてこの屋敷から出て行け！」

「君、首を切られたいんですか？」

執事長がとても重い溜息を吐きましたが、他の侍女たちもうんうんと頷いて同意してくれているじゃありませんか！

「ハア。どうして坊ちゃまはこうも、女性に嫌われるのやら」

「デリカシーがないからですね！」

断言します！

根はいい人だと知ってます！

知ってますけど、普段からデリカシーのない言動を繰り返しているので、どうしても好きか嫌いかで聞かれたら嫌いに分類してしまうのです！

執事長が遠い目をしながら再び深い溜息を吐きますが、これぱっかりは仕方がないですね！

「それでは本題です！　弟様があの白様の心を掴むにはどうすればいいのか！　皆さん意見をお出しください！」

私の発案に、しかしみんな揃って黙ってしまいます！

ええ、こうなるんじゃないかと私も思ってました！

弟様があんぽんたんな上に、攻略すべき白様が謎すぎるのがいけないんです！

この公爵邸で現在客人として居候している白様が弟様の惚れた相手ですが、彼女は謎の生命体です！

人間じゃないんじゃないかと疑ってます！

それくらい謎です！

何をどうすれば喜ぶのか、表情のほとんど動かないあの人では判断のしようがありません！

「というか私、弟様が一目惚れしたその現場にいたのだけれど、あの出会い方だと白様でなくても振り向かせるのは無理なのでは？」

おずおずと発言したのは、弟様と白様が出会ったその現場を直接見ていた侍女！

その出会いは、弟様が怒鳴り込んで、白様のいる部屋を放火したという、何でそうなったと聞きたくなる惨状です！

はい！　惚れさせるどころか明らかに好感度マイナススタートです！

しかもどう頑張っても取り返しつかない感じの！

「好感度マイナスからせめてプラマイゼロまで回復させるのが先ですね！」

「ふう。とりあえずプレゼントでもさせて、徐々に失った信頼を取り戻すのがいいのではないでしょうか？」

執事長の案を採用！

それから、弟様は我々の助言を基に白様にプレゼント攻勢を仕掛けていますが、成果はいまいちです！　プレゼントのチョイスが悪いのが原因です！

しかし！　我々は諦めずに弟様を今後もサポートしていく所存です！

パンがなければお菓子を食べればいいじゃない

公爵邸に着いてからというもの、私は怠惰な生活をしている。

それは食生活についても言える。

さすが公爵家。

料理の質が高い。

この世界、文明の発展は遅れてるけど、料理の質はそこまで悪くない。

その上公爵なんていう大貴族の家で出される食事。

潤沢な資金で集められた高級食材を、お抱えの料理人がきちんと調理してくれるのだ！

なんという贅沢（ぜいたく）！

……割とマジでガチでものすごく贅沢してるんだよなー。

というのも、魔族領、食料不足で喘（あえ）いでいるんですわこれが。

魔族っていうのは人族よりも長命な反面、出生率が低い。

そのため全体数で見れば魔族は人族よりも数が圧倒的に少ない。

それは労働力が少ないことも意味している。

いくらステータスが人族よりも優れてるからって言って、人数の差を誤魔化せるものじゃない。

数は力だよ！

しかも魔族は一国だけで食料自給率百パーセントを達成しなきゃいけないからね。

魔物とか普通にいて、しかも文明が遅れてるこの世界、農業の大変さは地球の比じゃない。

そりゃ、きついってもんですわ。

そんな中、三食おやつ付きで優雅に暮らす私。

なんという贅沢！

世が世なら農民たちが一揆（いっき）をおこして討ち取られる筆頭ですよ！

革命が起きたらギロチンで処刑されてしまう！

まあ、そんなことを恐れて食事を減らす私じゃないけど。

そもそも神化した後の私の胃袋は、以前のように際限なく入るわけじゃなくなっちゃったし。

憎い！　この小食の胃袋が憎い！

なので、贅沢してるって言っても非常にリーズナブルなのです。

だから一揆も革命もする必要はないから来るな。来るなよ？

と、まあ、食べてる量は常識の範囲内となっているけど、質のほうは結構凄（すご）い。

さっき言ったけど、この世界の料理の水準は割と高い。

転生者の中に料理が得意なのがいたとしても、飯ＵＭＥＥＥ！　はできないね。

そもそも食材が地球とは全く別物だし。

リンゴに似た果物はあっても、リンゴそのものじゃないし、植生というかそもそも元が違う。

別の世界なんだから当たり前っちゃ当たり前だけど。

そして、この世界の料理はこの世界の食材に適した発展を遂げてきている。

どの食材をどのように調理すればいいのか理解している現地人に、付け焼刃の転生者が敵う道理はないってわけだ。

まあ、調味料の種類はやっぱり少なくて、素材の味を引き立てる方面に特化してる感じではあるから、複数の調味料を組み合わせて勝負すればワンチャンあるかもしれないけど。

私はおやつとして出されたクッキーもどきを食べながら、そんなことをつらつらと考えた。

味とか見た目は完全にクッキーなんだけど、あくまでもどき。

素材がまず違う。

なんとこのクッキーもどき、とある果物を芋っぽい野菜と混ぜ合わせて焼くことによってできるのだ。

たぶん果物が砂糖の代わりをこなして、芋っぽいのが小麦の代わりなんだと思う。

果物と芋を混ぜ合わせるなんて、日本人だったらまずやらないと思う。

うん。料理で知識チートはムリだな！

というか、地球でも地域やら人種やらで味覚に差があるんだから、日本食をそのまま持ってきてもうけるかどうかはわからんよな。私は嬉(うれ)しいけど。

この果物と芋、魔族領では割とポピュラーな食材で、甘味であるにもかかわらず安値で購入できる。

庶民の間では食事の代わりにこのクッキーもどきを食べることもあるそうだ。

パンがなければお菓子を食べていたんだな、魔族……。

世界が変われば常識も変わる。

今日も私は一つ賢くなりました。

人魔大戦　ダラド

「行け行け！」

「取りつかせるな！」

怒号が響き渡る。

そのうちのいくつかは我自身の口から出たものだ。

我が率いる魔族軍第五軍団は人族の砦（とりで）の一つを攻めていた。

今日でこの戦いも三日目になる。

砦攻めは長くかかる。

十日、二十日、あるいはそれ以上。

長年魔族の侵攻を防いできた人族の砦を落とそうと思えば、年の月日がかかっても不思議ではない。

が、信じがたいことに我の他の軍団はもうすでに勝敗が決しているという。

第二、第三、第八軍団は勝利。

第四、第六は敗北。

そして、第一と第七の混成軍は、二人の将を失いながらも、勇者を討ち取ることに成功したと。

いったいどのような奇策を用いれば、そのようなことができるのか。

我では想像もできぬ。

我は自身のことを凡百とは思わぬが、魔族の将の中で最優であるとも思っておらぬ。

我が認める最優たる将、アーグナー殿はやり切ったのだ。

そのアーグナー殿をして勇者とは相打つしかなかった。

やはり世界は広い。

我も気を引き締めねば。

戦況は、残念ながら我が方の分が悪い。

敵の地の利に加えて数が多い。

こちらは損耗を控えねば、数の差で圧倒されてしまう。

慎重な采配が求められる。

だが、戦いが長引けば兵站の差でさらに分が悪くなる。

こちらはもうこれ以上出せるものはないというのに、人族にはまだ余裕がある。

長引けば不利。

しかし一気呵成に攻めることもかなわない。

ゆえに、勝機はここにしかなかった。

勇者の死という、人族の士気をくじく情報が出回ったこの時にしか！

「勇者は死んだ！　人族の負けである！　今こそ攻め時！　行けーー！」

声高に叫び、味方を鼓舞し、敵を怖けさせる。

勇者が死んだという情報を喧伝し続ける。

最初は敵である我らの言葉を信じる者など少ないが、それを言い続ければ「もしや？」という疑念は湧き起こる。

そして、それが事実であると確認が取れれば、敵の士気は一気に崩れる。

勇者とはそれほどまでに人族にとって重要な存在。

我ら魔族にとって魔王様がそうであるように。

「飛行部隊！」

我の号令に従い、鳥型の魔物にまたがった飛行部隊が飛び立つ。

飛行部隊は砦の城壁を飛び越え、敵の頭上から攻撃を加える。

その混乱に乗じて梯子をかけ、敵陣に乗り込む兵たち。

させじと城壁の上から液体をぶちまける敵兵。

その液体をかぶった兵が絶叫しながら梯子から落ちていく。

酸か何かか。

やってくれるわ！

もう一度桶を持った敵兵が城壁に顔を出す。

そう何度も同じ手を食ってなるものか！

我自身も跳躍し、城壁を飛び越える。

そして桶を持っていた敵兵を蹴り飛ばす。

敵兵は自らが用意した酸らしきものをかぶりながらひっくり返る。

第三軍軍団長のコゴウ殿はその怪力でもって城壁を破壊したそうだが、我にそこまでの力はない。

しかし、こうして一跳びで城壁を越えることくらいはできる。

「我が名はダグラド！　魔族軍第五軍軍団長なり！」

高らかに名乗りを上げ、魔剣を抜く。

魔王様より下賜されたこの魔剣。

刀といううらしい片刃の美しい魔剣だが、まるで長年愛用してきたかのように手になじむ。

「いざ！」

その魔剣で敵兵を切り裂く。

人体がまるで紙のごとく容易く両断される。

何という切れ味か！

これほどの魔剣を我に下賜していただいていたとは！

魔王様に感謝せねばなるまい！

敵もこの魔剣の切れ味に怖けづいておるわ！

行ける！

「我が剣の錆となるがいい！」

我はそのまま敵陣に突っ込んでいった。


日が暮れる。

日が傾きだしたころ、我は撤退の合図を全軍に送った。

「……攻めきれなんだか」

結局、この日の戦いは終始優位に進めることができたが、砦を落とすには至らなかった。

「我が軍の被害は？」

「今確認させていますが、おおよそ四割ほどかと……」

「……多いな」

予想以上に被害が多い。

敵の士気が衰えていようとも、やはりもともとの戦力差を覆すのは至難であったか。

陣幕の内の椅子に座る。

途端、疲労が押し寄せてくる。

身にまとう鎧（よろい）が重い。

脱ごうとするが、指先も鎧も敵の返り血で固まってしまい、思うようにいかぬ。

見かねた部下に手伝ってもらい、ようやく鎧を脱ぎ去ることができた。

「ぬう」

思わず唸（うな）る。

今日、最前線で戦い続けた我の疲労が濃いのは当たり前だが、兵たちも三日三晩戦い続けている。

交代で眠らせてはいるが、夜襲を警戒して熟睡とはいかぬ。

今日は向こうの被害が大きいこともあって夜襲はないであろうが、絶対にないと言い切れぬ以上、安心して眠ることはできん。

兵たちの疲労は溜（た）まっている。

加えて被害も大きい。

今日、攻めきることはできなかった。

では、明日はどうか？

……厳しい。

「飛行部隊は？」

「ほぼ撃墜されてしまいました」

「で、あるか」

飛行部隊は敵の城壁を無視して攻め込むことができる。

敵もその脅威は把握しているため、優先して狙ってくる。

拠点防衛において、対空手段をどれだけ揃えられるかというのが、その拠点の防衛能力に直結する。

人族の最前線たる砦にその能力が欠落しているはずもない。

こちらの飛行部隊が潰（つぶ）されたのは手痛い。

「掘削部隊の進捗（しんちょく）は？」

「芳しくありません」

土魔法を使える者たちを中心にした掘削部隊。

敵陣に向けて穴を掘り、砦内部に通じる抜け道の作成や、砦の支柱を破壊して城壁を陥没させるなどの働きを期待している。

しかし、成功すれば多大な戦果を挙げる掘削部隊だが、敵もまた警戒している。

魔法を使えば掘削作業ははかどるが、敵に感知されやすくもなる。

対抗の土魔法によって生き埋めにされる、という事態も多い。

今回は派手に土魔法を使って掘削速度を重視した部隊と、気取られぬように魔法を使わずに手作業で掘削をする部隊とで、いくつかの班を動かしている。

派手に掘削する班は陽動。

気づかれることが前提であり、それに対処するために敵を動かすのが目的。

そして、敵がそちらの陽動を始末し、油断したところで本命の手作業の部隊が忍び寄る。

と、そううまくいけばよかったのだが、それも芳しくないようだ。

かつてないほどの戦。

与えられた軍団の規模はこれまでに類を見ず、取れる手も多かった。

しかし、そうして多くの手を使ってなお、人族の対応を飽和させることはできず、か。

単純に、人数の差がいかんともしがたい。

こちらが十の策を用意しようとも、あちらは二十、三十の対応部隊を作れる。

いくつかの部隊が空ぶったとしても、こちらの手を潰しきるには十分。

下手な策で少人数を動かしても、潰されるのがおちか。

個々の戦闘力ではこちらが勝る。

しかし、その戦闘力も小分けにしてしまえば各個撃破のいい的だな。

……やはり、正面からぶつかるほかない。

唯一とも言えるこちらの利点である魔族の戦闘力、それをいかんなく発揮するには、それしかない。

しかし、何度考えても、正面から戦って勝てる見込みが、ない。

だからこそ打開策を見出すためにいろいろと考えるのだが、真正面から戦う以外はどれもこれも各個撃破され、逆に戦力を削ることにしかならないという結論が出る。

腕を組んで唸る。

しかし、いくら唸ろうともないものはない。

我の頭では逆転の一手を閃くことはできぬ。

「はあああぁ」

長い、長い溜息を吐き、我は懐から薄い板を取り出す。

スマホもどきなる、魔道具だ。

それを慣れぬ手で操作する。

プルルル！　という音が鳴り、驚き危うくスマホもどきを落としてしまうところであった。

次は、耳に当てるのであったか？

『ダラドか？』

「む⁉　おお！　うむ！」

突如聞こえてきたバルト殿の声に驚き、感動し、必要以上に声を張り上げてしまった。

いやはやこのような魔道具をおつくりになるとは、魔王様は我の常識を覆すお方よ。

『……戦況はこちらでも確認している』

バルト殿の沈んだ声。

……ブロウの死を嘆いているのだな。

ブロウはバルト殿の実の弟。

我にとっていけ好かない男ではあったが、同胞の死を嘆く気持ちはある。

「ブロウの件。お悔やみ申す」

『いや、いい。この戦いでは多くの命が失われた。ブロウも、そのうちの一人だったという、ただそれだけのことだ』

口ではそう言いつつも、割り切れてはおるまい。

声にそれがにじみ出ておる。

『それで、こちらに連絡してきたのは今後の方針についてか?』

「うむ」

いかなる手段を用いてかはわからぬが、バルト殿もこちらの戦況は確認しているとのこと。

であれば、我の悩みもわかるであろう。

「引くか攻めるか。魔王様の指示を賜りたい」

引くか、攻めるか。

引く選択肢が前に来ているのが、我が心情を物語っている。

偽りなく申せば、この戦、我が軍の負けである。

ここが引き時である。

今日の攻勢で攻め落とせなかった段階で、明日以降の勝率はないに等しい。

こちらの戦力は減っている。

あちらもかなりの被害を出しているが、勢いだけで攻めきれるほどではない。

そして、時間はあちらの味方である。

時間をかければあちらには増援があり、こちらにはない。

そして、食料や武器の備蓄など、魔族より人族のほうが圧倒的に優位だ。

このまま戦い続ければ、敗北は必至であった。

それをわかったうえで、魔王様が攻めよと言うのであれば、致し方なし。

魔王様が攻めよと言うのであれば、魔王様がどのような指示をこちらに出すか。

この命尽きるまで攻め続けるのみ。

『魔王様に代わる』

バルト殿はそう言い、スマホもどきから音がしなくなる。

『やっほー?』

ややあって魔王様のお声がスマホもどきからした。

「魔王様のお声を拝聴でき恐悦至極に存じます」

『あーあー。いいからいいから。そこまでかしこまられると話進まないからさ』

「はっ！　魔王様がそうおっしゃるのであれば最大限簡潔にお伝えする所存です！」

『あ、これなに言ってもダメなやつだ。じゃあいいや。勝手に話進めよう』

あ、呆(あき)れられてしまった！

何たる不覚！

『まあ、言ってもそんなに話すこともないんだけどね。撤退しちゃっていいよー』

魔王様を呆れさせてしまったことを後悔していると、撤退の指示を下された。

望んでいたものではあったが、あまりにも呆気(あっけ)なく撤退してよいという言葉を聞かされたため、反応が一瞬遅れてしまった。

『勇者が死んだし、目標値にも達した。これ以上戦っても大きく動くことはないだろうし。あんまだらだらやってたら次の動きが遅くなるしね』

次の、動き？

それは、つまり魔王様はこの大戦の次をすでに見据えているということか？

この、魔族と人族の趨勢を決する大戦の。

「次、とは？」

思わず問いかけてしまっていた。

臣下が許可を得ることなく主君に疑問を投げかけるなど、何たる不作法！

『それはまだ言えないかな。どこに耳があるかわからないからね』

だが、魔王様はそんな我の無作法を責めることなく、真摯に回答してくださった。

「お答えありがとうございます。また、ぶしつけな質問をしてしまい大変申し訳ありませんでした」

『いいっていいって』

何という懐の深さ！

さすが魔王様！

『というわけで、むしろなるべく早く撤退してほしいくらいなんだよね。できる？』

「お任せください」

魔王様がお望みとあらば、すぐにでも撤退の準備を進めることにしようではないか。

部下にハンドサインで撤退の準備をするよう命じる。

不測の事態に備え、口頭以外での命令伝達方法もいくつか用意しているが、このような状況でそれを使うことになるとは。

いつ何時何が役に立つかわからないものだ。

『そうそう。次についてては詳しく言えないけど』

と、魔王様が一度言葉を区切る。

『この戦いは始まりに過ぎない。とだけ言っておくよ』

その言葉に、背筋が凍る。

始まり……？

ここまでの規模の戦いですら、始まりに過ぎない？

『まだまだ戦いは続くよ。だから、気張ることだね』

それっきり、スマホもどきから音が途切れる。

しばしそのままの姿勢で固まる。

スマホもどきが音を発することはない。

我は先代魔王様の時代の生まれ。

先々代魔王様の時代と違い、先代魔王様が雲隠れしてしまわれたために人族との戦いがない時代。

魔王様に絶対の忠誠を誓い、その一番の剣であれと言われる家に生まれながら、我は仕えるべき魔王様不在のまま育った。

そして、大きな戦を経験することもなく育った。

我にとって此度の戦は人生初の大戦。

そこに将の一人として参戦できることに、名誉で歓喜に体が震えた。

敗北を喫したことは悔やまれるが、しかし、ああ、しかし！

これはまだ始まりにすぎぬのだ！

「まだ、汚名返上の機会はある！」

だが、同時に不安もまたある。

此度の戦ですら敗北を喫してしまった我に、この先ついていくことができるのであろうか？

魔王様の剣として、お役に立つことはできるのか？

「気張らねばならぬな」

魔王様の言うとおり、気張らねばなるまい。

スマホもどきを懐にしまい、一度天を仰ぐ。

日の落ちた暗闇の中に、星が瞬く。

今にも夜の闇に消えてしまいそうな星の光。

「撤退じゃあ！」

弱々しい星の光から目をそらし、声を張り上げる。

星の光は弱々しくとも、決して消えはせぬ。

我もそのようにありたい。

輝いて見せようではないか。

この乱世で！

Kumo desuga, nanika?

蜘蛛ですが、なにか？

Kumo desuga,nanika?
Extra

他 転 生 者 達

The Reincarnations

相川 恋 AIKAWA REN

PROFILE

名前に反して恋人いない歴イコール今世前世合わせた年齢の、悲しい男子。前世は本をこよなく愛する文学少年、の皮を被ったエロ本収集家。陰キャと見せかけてエロに対する情熱を買われ、夏目ら陽キャグループとも浅からぬ付き合いだった。要はエロ本を貸し借りする仲である。転生後は三次元女こえーと思っている。そんなだから彼女ができないんだ……。

[固有スキル] 本が恋人

読んだことのある本を魔導書代わりに、魔法を発動することができるようになるスキル。発動される魔法は既存の魔法ではなく、その本の内容にちなんだオリジナルの魔法が放たれる。どんな魔法になるのかは実際に使ってみなければわからない。が、総じてその効果は高めになっている、はず。

〔Dからの一言〕

古典文学からラノベ、あらゆるジャンルの本を嗜むあなたにはぴったりのスキルでしょう。ああでも、あなたが一番好きな官能小説での使用はお勧めできませんよ?

〔Dからの一言〕

変わりたい。やり直したい。そうした願望が強いあなたにはこのスキル。まあ、一歩を踏み出す勇気のないあなたがこれを使うかは、ねえ?

PROFILE

転生前は俊と京也の親友だった少年。内弁慶で外面のいい姉二人にこき使われた反動で女性不信気味だった。が、幼少期はそんな姉二人のおさがりである少女漫画ばかり読んでいたため、恋に幻想を抱く乙女チックな面もある。そんな矛盾した内面をこじらせて、本人も自分自身の性格に嫌気がさしていた。転生して女性に生まれ変わり、なんやかんやあってシュンに惚れることに。そのことについて本人はすっきりしており、あるべき形になったと思っている。

[固有スキル] 転換

スキルをポイントに還元することができるスキル。いわゆるスキルの取り直しが可能。ただし、ポイントへの還元率は100%ではないため、使えば使うほど損をする。カティアはそれを知って一度もこのスキルを使っていない。

OOSHIMA KANATA 大島叶多

荻原健一

OGIWARA KENICHI

PROFILE

転生前は友人の多い典型的な陽キャ少年。サッカー部所属でやたら交友関係が広く、クラスどころか学校中の男女誰彼構わず親しくしていた。スマホにはずらりと友人の名前が並んでおり、暇な時は四六時中誰かと通話やチャットでやり取りをしていたほど。「寂しいと死んじゃう」と本人の弁。転生後は神言教のスパイとしてエルフの里に潜入している。

［固有スキル］無限通話

念話の上位互換スキル。いつでもどこでも誰とでも念話による通話が可能。ただし通話相手は本人と面識のある相手でなければならない。この制約があるため、彼は教皇とこっそり会ったことがある。何気に白でもできないエルフの結界を貫通して外に情報を届けられる、地味に高性能なスキル。

〔Dからの一言〕

誰かの存在を常にそばに感じていたい、そんな寂しがり屋のあなたにはこのスキル。でもお喋りもほどほどにしないと嫌われてしまいますよ？

草間忍

KUSAMA SHINOBU

PROFILE

転生前はいつも軽いお調子者の少年。夏目などによくパシらされていた。物事を深く考えず、とりあえず長いものに巻かれておこう精神の図太い神経をしている。常にポジティブ思考でパシらされても気にしない。なんだかんだムードメーカーで愛されいじられキャラ。転生後は神言教のパシリとなっている。

〔Dからの一言〕

名前が忍ですし、忍者でいいでしょう。ほら、忍者って要は大名のパシリじゃないですか？　パシリのあなたにはぴったりですよ。

［固有スキル］忍者

特殊な忍術を使用可能になる。使える忍術は空蝉の術、分身の術、火遁術などなど、多岐にわたる。それ以外にも隠密系のスキルの熟練度がたまりやすくなるなどの恩恵も。前世の名前が忍だったからという安直な理由でつけられたにしては汎用性が高く高性能なスキル。

小暮直史

KOGURE NAOFUMI

〔Dからの一言〕

泣き虫なあなたには、涙の数だけ強くなれるこのスキル。……だったのですが、運がありませんでしたね。

PROFILE

転生前は高校生にもなって泣き虫なちょっと頼りない少年。ことあるごとに泣いており、クラスメイトからは「またかよ……」と呆れられていた。しかし、情緒不安定かと言うとそうでもなく、泣くのはストレス発散の方法で、泣き終わった後はケロッとしている。普段は割と気さくで俊たちともそれなりに仲が良かった。転生後は西方カクラ大森林のとある村に生まれたのだが、運悪く魔物の襲撃にあい死亡。余談だが、彼を殺害した魔物が異常進化を遂げ、その後勇者ユリウスに討伐されることになる。

[固有スキル] 涙の数だけ

流した涙が結晶となって残り、その結晶を消費することで様々な効果を発揮することができるようになるスキル。使用例として一時的にステータスが上昇する、ビームのような魔法を放つことができる、HPやMPを回復することができる、など。赤ん坊のころに泣きまくってできた結晶は、両親が不思議に思いつつも保管していたのだが、使われる前に魔物の襲撃にあってしまった。

桜崎一成

SAKURAZAKI ISSEI

〔Dからの一言〕

かつてこの世界でとんでもない事態を引き起こしたこのスキル。あなたには期待していたからこそこのスキルを選んだのですが。残念です。

PROFILE

転生前は夏目の親友でよき理解者。夏目が馬鹿をやった後始末をしたり、その後「この馬鹿野郎!」と叱るのはもっぱら彼の役目。強引に周囲をぐいぐい引っ張っていく夏目と、そのストッパーの桜崎と、二人セットでみられることが多かった。転生後は夏目と同じくレングザンド帝国に生まれ、親の立場から王子である夏目と幼馴染の間柄になる、はずだった。実は転生者の中で一番のスペックの持ち主であり、ユニークスキルも強力だった。しかし、それがあだとなってポティマスに危険視され、殺害されてしまう。

[固有スキル] 迷宮創造

ダンジョンクリエイター。MPを消費してダンジョンの作成、拡張、さらに魔物の創造ができるスキル。ポティマスをして野放しにするのはまずいと判断するような危険なスキル。とはいえ、MPの消費が激しいので時間をかけてコツコツ迷宮の拡張をしていかなければ、そうそうとんでもないことにはならない。逆に言えば時間さえかけるととんでもないことになる。

笹島京也
SASAJIMA KYOUYA

PROFILE

前世は俊の親友の一人。曲がったことが嫌いな正義感の持ち主。小さめの身長だったが、間違っていると思えばどんなに屈強な相手であろうと立ち向かう大きな勇気の持ち主だった。しかし、はたから見れば喧嘩に明け暮れているように見え、恐れられたことからついたあだ名は小鬼。そんな不名誉なあだ名とおさらばすべく、高校進学を機に喧嘩をやめる。そのため、俊や叶多は京也のことを、ちょっと頑固だけど穏やかで優しい少年だと思っている。転生後はゴブリンになり、家族で幸せに暮らしていた。しかし、ブイリムス率いる帝国軍の急襲によりすべてを失ってしまう。

［固有スキル］ 武器錬成

MPを消費して武器を創造することができるスキル。創造できる武器の質は込めたMPの量に比例する。さらに追加でMPを消費することによって、武器に特殊の効果を付与することもできる。おそらく本編で最も猛威を振るっているユニークスキル。

〔Dからの一言〕

研ぎ澄まされた刃のようなあなたにはこのスキル。武器を作る。その結果どうなるか。そしてどうしたいのか。きっとあなたならば迷うことはないでしょう。

田川邦彦
TAGAWA KUNIHIKO

PROFILE

前世では腐れ縁の幼馴染である麻香と微妙な関係を保っている以外はごく普通の男子高校生。転生してその腐れ縁の幼馴染とくっついたのは、ある意味運命。実家は個人経営の居酒屋。地元民がよく来るなじみの店で、麻香の家族もよく出入りしていた。将来はこの店を継ぐことになるんだろうという、決められたレールに不満はなかったものの、若干物足りなさを感じていた。転生後は魔族領との境にある傭兵集団の村で生まれ育つ。魔族軍幹部に村を壊滅させられ、冒険者になることに。

［固有スキル］ 冒険者

冒険者にとってあれば便利な効果を詰め合わせたスキル。体を清潔に保つクリーン、物を異空間に入れて持ち運ぶことができるアイテムボックス、自分のステータスを閲覧できるステータスオープン、などなど。ただし、それぞれ光魔法の浄化や空間魔法の空納、スキルの鑑定などには効果でそれぞれ劣る。既存のスキルの劣化版詰め合わせセット。

〔Dからの一言〕

冒険者に憧れるあなたにはこのスキル。あれば便利程度のものばかりですが、非日常に憧れる普通の少年だったあなたにはお似合いでしょう。

津島大 TSUSHIMA MASARU

PROFILE

前世ではごく平凡な少年。平凡すぎて将来何をしたいのか自分でもわかっておらず、その模索のために様々なことに手を出しては、すぐ放り出すという三日坊主だった。高校に入学してからはサッカー部に所属していたが、残念ながら補欠で、そろそろ幽霊部員になりそうだった。転生後は早い段階でエルフに保護という名の拉致をされ、エルフの里で軟禁生活を送っているため、全く活躍の場がない。

[固有スキル] 早熟

スキルレベルが低いスキルほど熟練度がたまりやすくなるというスキル。また取得していないスキルの熟練度の上がりがかなり早くなり、スキルポイントを使用して取得する際も少ないポイントで取得することができる。

〔Dからの一言〕

三日坊主の飽き性のくせに、興味を持ったものに片っ端から手を出すあなたにはこのスキル。究極の器用貧乏目指して頑張ってください。

夏目健吾 NATSUME KENGO

PROFILE

多少我が儘で本音を隠すことなく言ってしまうタイプのため、嫌われることも多いが、それ以上に明け透けな態度に惹かれる人も多かった。シュンには反りが合わなくてやたら嫌われていたが、男子の中心人物になるくらいにはいい奴。桜崎とは親友で、心から信頼する相棒だった。レングザンド帝国の王太子として転生するも、周囲に同じ境遇の理解者もなく、また帝国内の政治的なごたごたもあって信用できる人間もおらず、元の世界で何の不満もなく生活していたこともあって歪んでしまった。学園でシュンたちクラスメイトと再会してからも、心を開ける友人は出来ず、ダークサイドに落ちていく。

[固有スキル] 帝王

スキルの効果を高める。また、威圧により相手に外道属性(恐怖)の効果を与える。

〔Dからの一言〕

帝国の王子様にはお似合いのスキルでしょう。スキルによる威圧ではなく、真に王としての威厳が備わるかは、あなた次第でしょう。

林 康太

HAYASHI KOUTA

PROFILE

転生前はあまりクラスに馴染めていなかった大人しめの少年。ただし、卓球のラケットを手に持つと人が変わったように鋭い眼光になる。卓球部所属で、その腕前は全国クラス。弱小の平進高校卓球部のエース。しかし、よりよい環境で練習に励めばプロも目指せるのではないかと、有名クラブから声をかけられており、部に残るかクラブの誘いに乗るかで悩んでいた。結局その答えを出す前に転生。しかも転生して間もなく、不運にも事故にあい死亡してしまった。

〔Dからの一言〕

一瞬の集中力にかけてはクラス、どころか校内1だったあなたのスキルはこちら。……だったのですが、振るう機会すらないとは。

［固有スキル］ 刹那の見切り

思考加速、集中、回避、視覚強化、速度アップ系スキルの効果を持った複合スキル。これらのスキルがスキルレベル最大値の状態と同等の効果を発揮する。なので、このスキルだけで並の攻撃をくらうことはなくなるほど。韋駄天LV10と同等の効果もあるため、レベルが上がるごとにものすごい勢いで速度のステータスが上がっていく。生きていれば達人になれたかもしれない。が、避けることもできない赤ん坊のころに事故死してしまったので、このスキルの真価が発揮されることはなかった。

槙 将羽登

MAKI SHUUTO

〔Dからの一言〕

シュートなのに野球部なあなたにはこちらのスキル。親御さんの期待に反抗し続けたあなたにはお似合いのスキルでしょう。

PROFILE

転生前は絶賛反抗期だった少年。シュートという名前を付けられたのに野球部に所属していたのも、親への反抗心から。父親が将来サッカー選手になってほしいと思い名付け、幼少期からサッカークラブに通わされていた。しかし、残念ながらサッカーの才能はなく、名前負けだと周囲にからかわれた結果、反抗期になってしまい、親とろくに会話もしない日々が続いた状態で転生することに。転生後はそんな前世を思い返して、親不孝だったなと反省している。

［固有スキル］ 反抗

受けたダメージの一部を相手に跳ね返すパッシブスキル。つまり、ゲーム的に言うとダメージカットとカウンターが常時発動しているような状態。さらに耐性系のスキルの熟練度がたまりやすくなる。タンクにもってこいのスキルだが、本人はエルフの里に軟禁されていてダメージらしいダメージを受けたことがないので、宝の持ち腐れとなっている。

山田俊輔 YAMADA SHUNSUKE

PROFILE

ザ平均という感じで目立つ存在ではなかった。唯一の取り柄はゲームで、勉強とかすっぽかしてゲーム三昧の青春を送っていたちょっとダメ男。逆に言うとゲームばっかやってても平均点は取れていたということで、秘めたスペックは高かった。転生してその秘めたスペックが大爆発。アナレイト王国の第四王子に転生。親友のうちの一人、叶多とも早いうちに再会し、順風満帆な幼少期を過ごしていたが、尊敬する兄・ユリウスの死を境にトラブルが次々襲い掛かる。

［固有スキル］天の加護

あらゆる状況で自身の望む結果が得られやすくなる、らしい。

〔Dからの一言〕

頑張ってくださいね、『主人公』さん。

飯島愛子 IIJIMA AIKO

PROFILE

転生前は派手好きで歌うのが大好きな少女。漆原ら女子の派手グループの一員。三度の飯よりもカラオケ好き。将来の夢は歌手で、実際歌はうまい。しかし、あくまで一般レベルでのうまいであって、プロになって食べていけるほどではないと、親には反対されていた。そんなことはないと歌っている姿を撮影して動画で投稿してみたりしていたが、閲覧数は芳しくなかった。転生後はこの世界でなら自分の歌が認められるのでは！　と、淡い期待を抱いていたが、エルフの里に軟禁されてしまったためにその夢も諦め気味に。

［固有スキル］歌姫

歌を歌うことで様々な効果を発揮するスキル。どのような効果が表れるかは曲によって異なる。カラオケ好きだったために発現したスキル。歌うと自動で効果が発動してしまうため、エルフの里に軟禁されている間歌うことを禁止されてフラストレーションがたまっている。

〔Dからの一言〕

将来の夢は歌手のあなたにはこのスキル。残念ながらそちらの世界では職業としての歌手はあまり認知されていませんが。

櫛谷麻香

KUSHITANI ASAKA

〔Dからの一言〕

目立たない。でも外せない仕事はきっちりこなす。縁の下の力持ちだけど、面倒くさがりなあなたにはこちらのスキル。

PROFILE

転生前はよく言えば堅実、悪く言えば面白みのない性格の少女。派手なことは好まず、慎ましく身の丈に合った生活ができればそれでいいと考える意識低い系女子。ただし、怠惰なわけではなくそのためならば効率よく物事をこなす努力はする。要は要領がいい。そのためクラスの中では大人びているように見えていた。幼馴染の邦彦とそのうち結婚するんだろうと漠然と思っていた。転生後も邦彦とは幼馴染の間柄で、前世からの縁もあってややその存在に依存し気味。淡々とした顔をしながら「クニヒコが死んだらあたしも死ぬ」とナチュラルに考えている。

[固有スキル] ものぐさ効率厨

スキル全般の熟練度の上昇値がわずかに上がる。また、確率補正など、スキルによる判定の成功率が若干上がる。とても地味に見えるが、普段からコツコツ努力していると後々大きなリターンとなって返ってくるスキル。ものぐさだからこそ最小限の努力で最大限の効率を得ようとするアサカらしいスキル。

工藤沙智

KUDO SACHI

〔Dからの一言〕

持ち前の根性でのし上がっていくだろうあなたにはこのスキル。……と思ったのですが、私の予想とは違う使われ方をしていますねえ。

PROFILE

元委員長。規則を無視しがちな漆原とは反りが合わなかった。逆に教師である岡ちゃんとは割と仲が良かった。赤ん坊のころに金でエルフに買われ、以後ずっとエルフの里で暮らしている。その境遇のためか先生にきつく当たることが多い。元委員長ということもあって、エルフの里にいる転生者たちのリーダー的存在。前世では実は隠れ腐女子。エルフの里では娯楽が少なすぎてそのことを他の女子にカミングアウト。腐教活動した結果、エルフの里にいる女子はみんな腐女子になった。

[固有スキル] 先導者

リーダーシップを発揮し、カリスマを相手に感じさせるスキル。初対面でも好感を持たれやすくなる。また、その言動に感化されやすくする。腐教がやたら進行した原因。

篠原美麗

SHINOHARA MIREI

PROFILE

好きだった先輩が若葉姫色のことが好きで、告白して振られたことを逆恨みしていじめていた主犯。周りは若葉姫色のやばさをなんとなく気づいていて、美麗の行動を止めようとしていた。クラスの中心的人物の一人。転生後はエルロー大迷宮で地竜の卵状態からスタート。さっそく蜘蛛の魔物の巣に放り込まれてしまったが、人間の冒険者によって救出された。

〔Dからの一言〕

別に意趣返しというわけではありませんよ？　暗い洞窟で地べたを這いつくばらせたいなんて、これっぽっちも思ってませんとも。

[固有スキル] 地竜

ユニークスキルでも何でもない、地竜種なら必ず持っているスキル。その分魔物だから成長はいいのでつり合いはとれている、のか？　たぶんどっかの邪神の意趣返し。

瀬川柊子

SEGAWA TOUKO

PROFILE

転生前はスイーツをこよなく愛するぽっちゃり系の少女。スイーツが大好きで、毎日何かしらの甘いものを食べないと気がすまない。おこづかいの半分はスイーツのために消えていく。残り半分で少女漫画や小説を買いあさっていた。乙女ゲームにも興味はあったものの、お財布の関係で断念していた。好きなジャンルは砂糖を吐きそうになるくらいのラブラブ純愛もの。転生後はエルフの里で自給自足の節制生活をしていたおかげで痩せている。

〔Dからの一言〕

甘いもの大好きでデ、ぽっちゃ、少しふくよかだったあなたにはこのスキル。お菓子作りが趣味でしたし、これで存分に甘いものを作ってください。

[固有スキル] スイーツ女子

有機物を砂糖に変換するスキル。有機物、つまり生物にも有効で、相手の防御力を突破することができれば砂糖にしてしまえる。ファンシーなくせに物騒でもある能力。ただ本人はそのことに気づいておらず、木の枝や葉っぱを砂糖に変えられる、くらいにしか思っていない。エルフの里での生活では彼女のこの能力のおかげで砂糖にだけは困っていないので重宝されている。

手鞠川 咲 TEMARIKAWA SAKI

〔Dからの一言〕

もふもふ大好きで毎日アニマル動画を就寝前に視聴していたあなたにはこのスキル。このスキルを使って存分にモフモフしてください。

PROFILE

転生前は動物大好きな少女。しかし、住まいがペット禁止の古いマンションだったため、ペットを飼うことはできなかった。将来は絶対ペットをいっぱい飼おうという野心を持っていた。休日はペットショップや猫カフェなどに足を運ぶのが楽しみ。転生先は実は召喚士ブイリムスの娘。岡ちゃんに拉致されエルフの里にやってきた。それがブイリムスとラースの因縁を引き起こすきっかけとなる。しかし、拉致されずにそのままでいた場合、魔物を力ずくで従えるブイリムスと意見が衝突していただろうことが予測されるため、どちらがよかったのかは謎。

［固有スキル］ケモナー

魔物と心を通わせやすくなるスキル。また、調教のスキルの熟練度がものすごく貯まりやすくなる。穏やかな気性の魔物は彼女の動物好きのオーラを感じて自ら寄ってくることもある。そのスキルからエルフの里ではもっぱら家畜係を務めている。

外岡久美子 TONOOKA KUMIKO

〔Dからの一言〕

流行に敏感で、自らも一足先に流行を作り出そうと日々研究していたあなたにはこのスキル。これでファッションリーダーに、と思ったのですが……。

PROFILE

転生前はとにかく流行を追うことに夢中だった今どき女子。漆原グループの一員で、派手な女子の一人。中でもファッションにはこだわりを持っていた。自分が着飾るのも好きだが、誰かをコーディネートするのも好き。友達とショッピングに行った際はその友達を着せ替え人形にして遊んでいた。転生後はエルフの里でそういった楽しみを奪われたため、他の刺激を求めた結果委員長の腐教に真っ先にのめりこむことに。

［固有スキル］流行

流行を敏感に察知したり、自らが流行を作り出すスキル。非常に地味だが、はまった時は大きな社会現象を巻き起こす、かもしれないスキル。実際彼女が腐教に真っ先にのめりこんだために、エルフの里の女子たちが腐教という流行に乗ってしまった面もある。工藤さんの先導者と組み合わせると相乗効果で極悪な結果を発揮するため、二人が組んで反政府活動でもした日には国の一つも滅びるかもしれない。

七瀬千恵

NANASE CHIE

〔Dからの一言〕

将来の夢は保育士なあなたにはこのスキル。天性のその母性に磨きをかけて、ぜひいたいけな幼子たちを虜にしていってほしいものです。

PROFILE

転生前は包容力のあるおっとりとした少女。クラスの女子の中では一番背が高く、顔だちも大人びていたため実年齢よりも上に見られることが多かった。子供好きののんびりした性格で、将来の夢は保育士。なのだが、二男一女を育てた両親は子育ての大変さを痛感しており、のんびり屋の彼女は保育士に向いていないんじゃないかとひそかに思っていた。転生後はエルフの里で他の転生者相手に疑似保育士を勤め上げた。

［固有スキル］バブみ

腕で抱いた相手に睡眠の状態異常を与える。治療系のスキルの熟練度がたまりやすくなる。また、彼女が近くにいるだけで体力の回復や、各種自動回復スキルの効果が上がるという恩恵がある。

根岸彰子

NEGISHI SHOUKO

〔Dからの一言〕

世の中を恨んで鬱屈した感情を抱えているあなたにはこのスキル。かつてこの世界で恐れられた吸血鬼となり、世界に再び混乱を巻き起こすことでしょう。

PROFILE

容姿のせいでいじめられたり避けられたりと不遇な青春時代を過ごしていた。そのせいで少々曲がった性格に。
暗い印象だったこともあり、リアルホラー子、略して「リホ子」というあだ名をつけられていた。ソフィア・ケレンとして転生し、美形に生まれ変わって私の時代キターと思ってたら、待っていたのは激動の時代だったというオチ。

［固有スキル］吸血鬼

吸血鬼になる。吸血鬼になればもれなくついてくるスキルのため、実はユニークスキルではない。ただ、ソフィア以外の吸血鬼は本編開始時点では狩りつくされてしまっているため、実質ユニークと言える。つまり吸血鬼を見たらソフィア関連の人物ということになる。

長谷部 結花 HASEBE YUIKA

PROFILE

ごく普通の女子高生だった。隣の席のこれまたごく普通の男子が密かに気になっていたとか、甘酸っぱい青春時代を過ごしていたのが、何をどう間違ったのか異世界で転生。前世で気になっていた男子が王子様になってたりしてテンション上がったのもつかの間、ユーゴーに洗脳されて手駒にされたり踏んだり蹴ったり。聖アレイウス教国で教会前に捨てられていた孤児。その後、聖女候補へ。

〔Dからの一言〕

普段から夢見がちで、しかも見た夢の内容は忘れないという特技を持っていたあなたにはこのスキル。影の薄い本人同様いつか活躍する日がくればいいのですが。

[固有スキル] 夢見る乙女

自分が寝ているときに見た夢をいくつかストックしておき、その夢を小規模異空間のダンジョンとして出現させることができるスキル。ダンジョンの中に取り込まれた人は、そのダンジョンを攻略しなければ外に出られない。使いようによってはやばいスキル。なのだが、媒体が夢であるため、術者本人にも制御ができないし、どんなダンジョンになるのかもわからない。術者がダンジョンの中に入ってしまうと、最悪術者もダンジョンに殺される。彼女はその性質を逆に利用して、修行の場にしていた。

PROFILE

転生前は内気な少女。他人から見て自分は好かれているのかどうかというのを気にしてしまう質で、そのせいで人目を気にしてしまうため人づきあいがちょっと苦手。現実よりもゲームに逃げる癖があり、乙女ゲームが好きだった。乙女ゲームではないが、ずっと続けているゲームは弓矢乱射という弓矢擬人化ゲーム。ユニークスキルの好感弩は射手座だったというよりもこれが理由。転生後はエルフの里に保護され、同じ境遇の槙に密かに思いを寄せている。が、生来の引っ込み思案のため、関係の進展は全くない。

〔Dからの一言〕

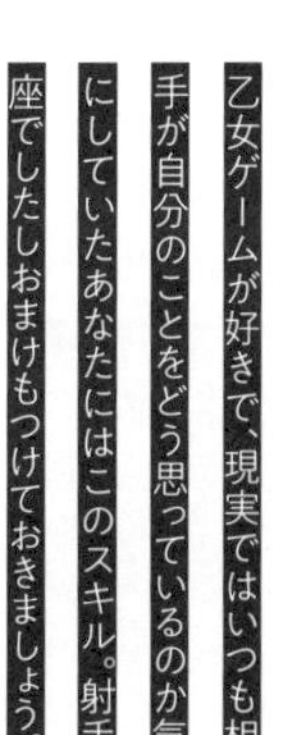

乙女ゲームが好きで、現実ではいつも相手が自分のことをどう思っているのか気にしていたあなたにはこのスキル。射手座でしたしおまけもつけておきましょう。

[固有スキル] 好感弩

自分に対する他人の好感度がどの程度なのかなんとなく感覚で分かるようになるスキル。また、一定値以上の好感度を持つ相手と手をつないでいれば、強力な矢の魔法を放つことができる。どのくらいの威力になるのかはその人物の好感度に左右される。

古田未央 FURUTA MIO

若葉姫色 WAKABA HIIRO

〔Dからの一言〕

蜘蛛にはこの程度で十分でしょう。すぐ死ぬでしょうし。そう思っていたのですが。こうも予想を裏切られると愉快ですね。

PROFILE

管理者D。最終の神。自称邪神。神々の中でも特に強い力を持った最上位神の一柱。物語を引っ掻き回すだけ引っ掻き回して自身は傍観する、最悪のトリックスター。若葉姫色とは、平進高校のとあるクラスで人間生活体験をしていたときの仮の姿。

人数あわせのため、教室に巣を張っていた蜘蛛に若葉姫色としての意識を植え付け、「私」として転生させた。

［固有スキル］韋駄天

速くなる。ユニークスキルではなく、速度のステータス成長スキルの最上位。それでもほかの転生者のユニークスキルに比べると劣る。これでも元の生物を考えるとかなりおまけしてつけてくれたスキルだったりする。

PROFILE

みんなから親しまれている教師。古典担当。

キャラを作らないと生徒とまともに向き合えなかったり、先生だからこうあるべきという義務感を持たないと異世界に転生したという事実を受け入れられないくらい、心の弱い人。

エルフとして転生。

［固有スキル］生徒名簿

生徒である他の転生者の現在の状況と過去、未来が簡易的にわかるというスキル。その未来の項目が軒並み悲惨だったがために、先生はポティマスに協力を仰いで転生者の保護に繰り出すことになる。

〔Dからの一言〕

生徒思いの教師であるあなたにはこのスキル。さあ、このスキルで生徒を救ってみせてください。

岡崎香奈美 OKAZAKI KANAMI

山田をしのぶ会

「山田、あいつはいい奴だったよ」

「山田、お前のことは忘れない」

「山田、成仏してくれ」

「山田、来世でまた会おう」

「いや、その来世が今だろ？」

エルフの里にいる転生者の男子五人が、枕を並べて雑談に興じている。

その内容は、山田をしのぶ会。

ちなみにその山田は死んでいない。

確かに一度死んではいるが、それはここにいる全員に言えること。

一度日本で死に、転生してこの世界に生まれなおしている。

そういう意味ではしのぶ会でも間違っていないのかもしれないが、彼らが言いたいのはそういうことではない。

「まさかな。あの俊が俺たちの中で真っ先に女に捕まることになるとはな」

男子たちみんなの想いを荻原が口にする。

「しかもその相手がまさかの叶多か」

「尻に敷かれるコース待ったなし」

この日久しぶりに再会した山田俊輔に、彼女ができていた。

しかもその彼女は、前世では男だったはずの大島叶多。

何をどう間違ったのか、今世では女として生まれた挙句、山田に惚れてしまったらしい。

本人たちの口から付き合っているという話は出なかったが、どう見てもあの雰囲気はただの友達ではない。

大島のほうが「こいつは私のです！」というオーラを出して女子たちを牽制していた。

前世の頃の男だった叶多を知るだけに、男子たちの胸中は複雑なものだ。

「叶多美人になってたなー」

「確かに」

大島は前世の頃の名残が感じられないくらい美人になっていた。

「けど、付き合いたいとは思わねーなー」

「確かに」

しかし、美人でもあれは肉食系のグイグイ来るタイプだ。

先ほども言われていたように、付き合うとすれば尻に敷かれるのを覚悟しなければならない。

その点、山田は自己主張が控えめなイメージもあって、確実に尻に敷かれるだろうというのがこの場にいる男子の予想だった。

「女子はこえーからなー」

「確かに」

やたら実感のこもった頷き。

それというのも、このエルフの里での生活で、男子は女子に逆らえないようになっていた。

このエルフの里にいる男子の数は五人。

対して女子の数は八人。

田川と櫛谷が最近になってから訪れたことを考えれば、男子四人の女子七人でずっと生活していたことになる。

男女比で言えば二倍近い差。

当然多数決の原理に従い、女尊男卑の風潮が形成されていく。

女子の中に元委員長の工藤沙智がいたのも大きい。

場を仕切れる工藤がいたことで助かった面も多いが、その分女子の発言力が強くなってしまったのは仕方がないこと。

そういったこともあって、男子は肩身の狭い思いをしてきた。

別に虐げられていたわけではないが、時たま肉食獣に狙われているかのような目で見られることがある。

その度に、「女子こえー！」という感情が積み重なっていくのだ。

「山田、頑張れよ。嫁が怖くても生きてりゃいいことあるさ」

うんうんと頷く男子ども。

今世では年齢イコール彼女いない歴でもある野郎ども。

唯一彼女もちなのはつい最近このエルフの里に来た田川だけ。

その田川は沈黙を守ることにした。

大雑把な性格だと自覚はあるが、この場で口を開いて自爆するほど空気が読めないわけではない。

「俺、ここから出たら可愛い彼女作るんだ」

「なんか死亡フラグに聞こえるからやめろ。そんでもって女に幻想を抱くのもやめろ。所詮奴らは肉食動物だ。食われて終わるのがオチだぞ？」

「そもそも俺らってここから外に出られるのかな？　一生この森で過ごすとかって普通にありそうで怖いんだけど」

「ははは。いくら何でもそんなこと、ありえる」

悲壮感漂う四人に、涙をこらえつつなんとも言えない田川。

この先エルフの里の外に出られるかどうかもわからない。

出られたとしてももはやまともに恋愛できないかもしれない。

なんかもういろいろ駄目な男子たちに、田川は同情の涙を流すのを禁じえなかった。

「おい。何一人で俺は違うオーラ出してんだ？」

「そうだ。そうだった。こいつは彼女のいるリア充だった。山田の前にこいつをしのぶ会をしなきゃならなかったな」

「ああ、田川はいい奴だったよ」

「犯人は俺たち」

そして田川はリア充撲滅委員会と化した野郎四人に襲われた。

彼女はいなくても元気な奴らである。

腐女子会

「それでは皆さん、始めましょう」

集まった女子たち、その中心となって工藤沙智が議題を出す。

前世では委員長だっただけあってその姿は様になっている。

が、

「では、本日の議題はずばり、山田くんと大島くんのカップリングはありかなしか」

出された議題は非常に生産性のないものだった。

いや、ある意味生産はされているのかもしれない。

女子たちの脳内で、妄想という名の何かを。

「なし！　あれはなしでしょ！　男同士ならありだけど、片方が女になっちゃったらそれただのノンケじゃん！」

「待った！　その結論を出すのは早い！　精神的ＢＬって言葉が世の中にはあってだね」

「精神的でも何でも体は男と女じゃん！」

「あり！　誰が何と言おうとこれはありだと思うな！」

喧々囂々（けんけんごうごう）。

あり派となし派でわかれ、お互いの主張を譲らない。

彼女らが何を言っているのかというと、山田俊輔（♂）と、大島叶多（元♂現♀）のカップリングは許せるかどうかという話。

彼女たち、腐女子から見て。

議論は過熱していく。

この場にいる八人のうち、あり派三人、なし派三人、中立派一人、旗色を示していないのが一人。

完全に戦力は拮抗していた。

そうなると中立派を取り込んだほうが有利となる。

「麻香もなしだと思うよね⁉」

「ありだよね！」

自然、中立派の櫛谷麻香を取り込もうと、両派閥はアプローチを仕掛けてくる。

「ごめん。あたしはそういうのよくわかんない」

両派閥の熱意ある勧誘に、麻香は死んだ魚のような目で答えた。

麻香は思う。

いつからうちのクラスは腐女子の巣窟になってしまったんだろう、と。

少なくとも前世の頃はそんなことなかった。

こんな開けっ広げに腐った話題を出すことなんかなかった。

それが、転生して久しぶりに再会してみれば、この有様。

いったい何がどうしてこうなったというのか。

「待って！　そもそもなんで山田受けじゃないの？　女体化するにしても逆ならまだ納得できたのに！」

「え⁉　ちょっとそれは聞き捨てならない！　そこは山田×大島でしょ！」

どっちが攻めか受けかでまたヒートアップする腐女子たち。

麻香はその話についていけない。

「静粛に！」

たった一言で場の混乱を収めた工藤。

その姿を麻香はジトッとした目で見た。

麻香がそんな目で見るのには訳がある。

なんせ、この状況を作り出したのは他ならぬこの女の仕業。

今日の議題だけではなく、この場にいる女子を腐女子へと変貌させてしまった張本人。

そう、工藤は前世の頃から隠れ腐女子だった。

それを今世ではフルオープンにし、腐教活動を精力的に行い、この腐女子会の頂点に立つまでに至ったのだ。

要は元凶である。

「……」

腕を組み、沈黙する工藤。

その様子を固唾を呑んで見守る女子たち。

女子たちにとって工藤はいわば教祖。

最もこの道に深く精通したエース。

あり派が三人で、なし派も三人の拮抗状態。

中立の麻香はどちらにもつかない、というかつけない。

よって、どちらが勝つか、それは工藤の意見によって決まる。

果たして工藤の出す結論とは⁉

「ごめん。私、二次元じゃないと駄目なの」

まさかの全拒否だった。

工藤はリアルだと駄目なタイプだった。

なんせ工藤がはまっていたのは二次元のＢＬ本。

そういったものがあふれかえっている現代日本でのこと。

あくまで趣味の一環で、妄想は妄想、リアルはリアル、という風に区別していた。

対してこっちでその道に目覚めた女子たちはそんな本なんかないエルフの里での軟禁生活。

妄想のネタにするのはリアルの元クラスメイトの転生者の男子たちや、見張りの名前も知らないエルフたち。

そこですでに隔たりがあった。

教祖なのに。

静まり返る室内。

結局、山田と大島のカップリングの是非は決まらず、そのままこの会はお開きとなった。

ある日のエルフの里の転生者たち

木漏れ日が淡く照らす道を歩く男子たち。

その両手には水の入った桶(おけ)を持っている。

「あー。毎朝しんど。もう少し井戸が近けりゃな」

「俺たちが水魔法とか使えりゃ楽なんだろうけどな。こうどばーっと雨降らせる感じで」

「いやー。それはそれで疲れるんじゃないか？」

「けど気持ちはわかる」

わいわいと雑談しながら歩く男子たちは、言うほどしんどそうではない。

毎朝同じことを繰り返しているため、鍛えられ、慣れてしまっていた。

やがて木々が途切れ、広々とした場所に出る。

等間隔に野菜の植わった、畑だ。

男子たちは手分けしてその畑に桶の中の水を撒(ま)いていく。

エルフの里には雨が降らない。

里を覆う結界が雨を弾いてしまうからだ。

それでも青々とした森が広がっているのは、地下水脈から豊富な水分が土壌に染み込んでいるからだとエルフたちは語る。

また、この地に満ちる清浄な力が植物に活力を与えるのだとも。

事実、植物はわざわざ水を与えなくても勝手に育つ。

それでも彼らが畑に水を撒くのは、そうしたほうが育ちがいいからだ。

何もせずとも育つ野菜ではあるが、水をあげることで収穫が早くなり、大きく育つ。

育ち盛りの少年少女たち十一人を養うには、妥協は許されない。

水を撒きながら雑草を引き抜いていく。

森の恵みは野菜だけでなく、雑草にも影響を及ぼす。

しっかりと管理していなければ、たった一日で雑草まみれになってしまう。

雑草とともに、生育の悪い野菜を間引いていく。

それらをかき集め、水のなくなった桶に突っ込む。

そして向かう先は、厩舎(きゅうしゃ)だ。

「お疲れー」

厩舎では女子二人がここにいる動物たちの世話をしていた。

ここでは数種類の家畜が飼われている。

食肉用の丸々と太った、横から見ると本当に球形に近い動物。

卵を産む、鳥と爬虫類(はちゅうるい)を足して二で割ったようなのや、乳を出す毛むくじゃらの動物など。

それら家畜の肉や卵は貴重な動物性たんぱく質となり、毛などは服の材料にされる。

「ほいよ」

その家畜に畑でとった雑草や間引いた野菜を与える。

草食の家畜たちはのっそりと集まり、それらを食べていく。

それが終わればいったん食堂に集まる。

食堂に入る前に備え付けられている水瓶のところで手を洗う。

「お疲れー」

食堂では料理係がすでに朝食を作り終え、配膳をしている最中だった。

配膳が済めば朝食だ。

芋のようなものを茹でて作ったナンのようなもの。

野菜たっぷりのスープ。

干し肉を少し添えられた目玉焼き。

そしてヨーグルトっぽいもの。

メニューは毎日ほぼ変わらない。

手に入る食材が代わり映えしないので仕方がない。

「いただきます」

委員長の挨拶の後に全員が「いただきます」と唱和し、食べ始める。

「醤油が恋しい」

「目玉焼きにはソースだって言ってんだろ？」

「どっちにしろねーよ」

軽い雑談を交わしながら朝食を食べ終える。

エルフからもらえる調味料は塩くらいしかない。

砂糖に関しては瀬川柊子のスキルによって有り余るくらい手に入る。

しかし、それ以外となるとエルフが気まぐれを起こしてくれなければ手に入ることはない。うろ覚えの知識で調味料を作ろうとしたこともあったが、そもそもここと地球では材料自体が違うため、うまくいっていなかった。

芋っぽいものや豆っぽいものなどがあっても、あくまで「っぽい」ものであってそのものではない。

醤油などの作るのに手間暇かかるものだけでなく、マヨネーズなどの比較的簡単に出来そうなものでも、なんか違うものが出来上がってしまう。

食材自体は食糧難になることもなく余裕があるので、研究開発は手が空けば行っているが、実を結ぶかは長い目で見なければならなかった。

「ごちそうさまでした」

委員長の挨拶で食事が終わる。

料理係はそのまま皿洗い。

男子は再び森に行き、生活水の交換。

それが終われば各々主に力仕事に駆り出される。

女子七人に対して男子四人。

多数決の原理により、悲しいことに男子の発言力は弱い。

こき使われていた。

が、別に不当に虐げられているわけではなく、役割分担をきちんとして、協力し合っているだけのこと。

女子も遊んでいるわけではなく、掃除や洗濯などを分担して行っている。

前世から含めて長い付き合い。

彼らの連帯感は強固なものになっている。

「厩舎の糞の片付けお願い」

「薪が少なくなってきたからよろしく」

「あ！　じゃあついでに枝の回収もお願い！」

「家畜の餌になりそうなのがあればそれも……」

「「「お、おう……」」」

……頼られているんだ！　こき使われているわけではないんだ！

という男子たちの心の平穏を保つための呪文。

しかし、そんな彼らは知らない。

女子たちの間で、実は静かな戦いが起きていることを。

それは、男子の争奪戦！

ここにいる女子の数は七人。

対する男子の数は四人。

そう、女子のほうが数が多く、男子のほうが数が少ないのだ。

この生活がいつまで続くのかわからないが、最悪死ぬまでずっとここ、エルフの里に軟禁されて終わるかもしれない。

そうなってくると、女子から見て選べる伴侶となるのは四人だけ。

エルフ？

自分たちを軟禁している高慢な野郎どもなどお断りだ。

腐教？

それはそれ、これはこれ。

気心の知れた仲間と添い遂げたいと思うのは自然な流れ。

しかし、カップルを作れば三人の女子が余る。

余ってしまう！

その余りにならないよう、女子たちは四つの席に座れるように互いに牽制しあい、さりげなく男子たちとの距離を詰めようとアピールしているのだ。

このさりげなくというのがみそで、あからさまだと他の女子たちから文句が出る。

というのも、女子たちにも今の空気を壊してギスギスしたくないという思いがあるからだ。

自然とくっついてしまったものはしょうがないと割り切れるものの、誰かががっついてしまえば、そのまま女子たちによる血で血を洗う男子争奪戦が勃発する。

そのため、暗黙の了解として女子からのアピールは最小限に留め、男子から告白されるのを待つ、というルールが出来上がっていた。

「「「うっ！　何か悪寒が！」」」

男子たちは知らない。

ヘタレを脱却して告白さえすれば、彼女が手に入るということを。

ただし、十中八九尻に敷かれることになるが。

Kumo desuga nanika?

蜘蛛ですが、なにか?

Kumo desuga,nanika?
Extra

人気投票

A Popularity Vote

Extra

「私」

COMMENT

▶だって蜘蛛子トントン拍子で神になるとか最強!! 蜘蛛子が最強で決まりでしょ！（ガラスのハサミ）

▶諦めないで成長していくその姿や、何としてでも生き残るという姿勢が特に好きです。でもその容姿のかわいさにも虜です！（一般蜘蛛）

▶へこたれないメンタルが好きすぎる！　特に酔っ払った時の蜘蛛子可愛すぎるし、ソフィアやラースとのコミュニケーションも最高！（しゃりー）

▶まず強くて可愛い。それに加えて身内に甘くて恩をちゃんと返す。めっちゃいい子やん。もう全部好き。（ジュースのなっちゃん）

▶軽いノリだけどやるときはやるし義理堅い性格だから推せる。（頭爆裂犬）

▶軽妙な心の裡もそうですが誰にも揺るがされない世界を持っていて、絶望の淵にあっても明るく楽しく生きる姿が魅力ですね。オリハルコンの精神力は伊達じゃない。（路滉）

▶弱い時から知ってるから我が子のように見てる。（Kurahe）

▶大波乱な蜘蛛生を送っている割にゲーマー思考を失わないところ、とっても好きです。（えちゃこ）

▶ポジティブ、信念、誇り、甘いもの好き、酔うと饒舌。（くまさん）

アリエル

COMMENT

▶アリエル最高すぎる。。かっこいい。魔王故に魔王なのだ。神かよ。。全てが好きだわ。「私は負けることはない。でも私以外が負ける、それは負けと変わらない」な、セリフも痺れる。とにかくチョーカッケー。。（アリエル好き過ぎる人）

▶おばあちゃん…かっこいいし可愛い……言葉にできないくらい好き……（天凛）

▶初めてのステータス閲覧時のインパクトと見た目とのギャップと蜘蛛ちゃんに影響された後の性格。（ゴルゴンゾーラ）

▶信念がしっかりしている所。応援したくなる。（たの）

▶魔王愛しい。なんだかんだ蜘蛛子に甘い魔王が好き。（アリーアーリー）

▶人情深くてずっと一途にサリエル様のことを助けようとしてるのが本当に本当に本当に好きです。冷酷なところがまたいい。（薫野）

Character
キャラクター編

第3位

D

70票

COMMENT

▶完全なる愉快犯。一周回って憎めない。(Cerulea)

▶絶対的強さ故の勝手気ままな態度が好き。(ぐう)

▶全能感がむっちゃあってすき！(オストリッチ)

第4位

ソフィア

50票

COMMENT

▶可愛い！　あのポンコツ感がとても好きです…！(タッキー)

▶心の変化や振る舞いが正直で優雅で影があって好きです。(sasurai_sakumi)

▶暴走しがちでアホ可愛いところ。(リヒャルト)

第5位

ラース

46票

COMMENT

▶自分の正義をもって動いて、今は揺らいだあとも贖おうとしているその姿に惹かれた。(MAリン酸)

▶穏やかで正義感が強いところが好きだから。(焉宮 否依里)

▶七大罪スキルのひとつ「憤怒」を手に入れるまでに至った経緯や転生前の振る舞いなどもとても共感ができる！(SK)

6位　ロナント

7位　ギュリエディストディエス

8位　メラゾフィス

9位　カティア

10位　スー

第1位 地龍アラバ

322票

COMMENT

▶アラバ先輩の戦闘シーンが一番心躍ってアラバ先輩の最後のシーンがめっちゃ心打たれた。(蜘蛛にたかられる蜂蜜)

▶超えるべき原点、破るべき殻。成長要素の醍醐味が形をとったみたいなやつ、それはアラバ。(海外読者H)

▶アラバの男気、溢れる最後がかっこええ！！(マーサー)

▶主人公と並ぶ作品の顔、数字だけでは言い表せない圧倒的なインパクトを読者ともども主人公に刻み込んだ名脇役ですね。(東和瞬)

▶もし穴に落ちたときアラバが現れなかったら主人公は作中ほど強くはなっていなかったかもしれないと思います。だから主人公を成長させてくれたアラバにはとても感謝しています。(Tタケル)

▶かっこいい。言葉話さないモンスターで初めて「かっけえ、、、。」ってなった。キャラデザ、雰囲気、性格、全て良い。最高。(塩より醤油)

第2位 マザー

137票

COMMENT

▶蜘蛛にとって圧倒的不利環境の中層ボスをいとも容易く半殺しにするパワー！　追い詰められても冷静に隙を窺い、不利な状況を逆転させた「本来」の蜘蛛としての戦術、戦略！(海月さん)

▶最初から最後まで圧倒的な存在感を放ち続けとても高い壁だったマザー…すごくかっこよかったです。(フセイン)

第3位 ナマズ(エルローゲネセブン)

129票

COMMENT

▶中層の癒やし系担当(笑)　可愛さからの攻撃のギャップに見事ハートがやられました！(三毛柚子ぽんず)

▶美味しいって、大事！(ぱぽ)

▶ナーマーズ！　ナーマーズ！　ナーマーズはーどーこーだー！(たぬ)

4位　タニシ(エルローゲーレイシュー)

5位　ウナギ(エルローゲネレイブ)

6位　猿(アノグラッチ)

7位　カエル(エルローフロッグ)

8位　風龍ヒュバン

9位　パペットタラテクト

Evolution 進化編

第1位

アラクネ

325票

COMMENT

▶蜘蛛の時の戦い方を残したまま人間の戦い方と組み合わせて戦っていてユニークな戦いが好きです。(蜘蛛っ子)

▶アラクネになれたら人間とコンタクトが取れて、もしかしたら仲良く喋れるかもっていう無謀な妄想が好き。(ナナフシ)

▶蜘蛛ちゃんの努力が報われたような感じがするから好き！(まちゃ)

▶今までの集大成みたいな感じで使えるスキルなんかで考えたら全部の進化形態の中で最強だと思うから(Thor)　▶進化したとき、ついに最終進化まできたか！　とテンション爆上がりしたから。(トリトリ)

▶脚が好き。(脚フェチの信者)　▶だって……エロくない？(マーレ・ルナティクス)

▶人型なのに多脚、これぞロマン。(最強の生物形態は蜘蛛)

▶Monster girl... that' s all I need to say.(Andrea)

第2位

人型

194票

COMMENT

▶一番好きな見た目です！！！　白い髪に白い肌、赤い瞳！　もう大好きです！！！！(めらる)　▶人型になって立てなくてヨロヨロしてるのを想像するとかわいい。(ベニ馬)　▶可愛すぎる美しい。(ダン)

▶一見人間、と見せかけてその実……！　っていいですよね。(Apa☆)

▶アラクネと迷いましたが、やはり儚げなようで存在感のある人型が1番好きです。(緑チャバ)

第3位

ゾア・エレ

票

COMMENT

▶蜘蛛子の進化の方向性を決定付けた形態だから。名前も謎めいていてカッコイイ。(emu)

▶成長のインパクトが一番大きかったのがここだった。YES!　ってガッツポーズ取りたくなるくらい。(スモタロス)

▶成長途中だけど戦闘の幅が広がったワクワク感や、ジタバタ感、人間との関係とか面白可愛くて応援したくなる。(禎祥)

▶トゲトゲしてて可愛い。(河童の集い)　▶ザ・戦闘タイプって感じだから！(ユウ)

▶最初に出てきた特殊進化先で感動した！(ジョウイ)

6位　ザナ・ホロワ　　8位　スモールレッサータラテクト

7位　エデ・サイネ

あとがき

おはよう、こんにちは、こんばんは、馬場翁です！

はい、というわけで今回はＥｘ、小説ではなく設定資料集的なものになります。

登場人物紹介やら世界観紹介やら。

それ以外にも過去の特典ＳＳの再掲載や書き下ろしのＳＳなんかも収録されております。

こういった設定資料集みたいなのはコミックに多いイメージで、あんまり小説で出すイメージではなかったんですよね。

文庫サイズだと出してるところはパッと思いつかないかも……。

『蜘蛛』と同じ文芸サイズだと最近はアニメ化や長編が多くなってきたこともあってちょくちょく出てるイメージですが。

『蜘蛛』もそんなものが出せるようになったんやなーって、感慨深いですね。

それもこれもアニメ化のおかげですが！

そのアニメですが、ついに、２０２１年1月から放映開始です！

いやー、ね……。ここまで長かった……。

なんせアニメ化企画の第一報を入れてからもう2年以上たってますからね……。

いろいろ、はい、いろいろありすぎてここまで延ばし延ばしになってしまいましたが、とん挫することなくなんとか皆様にお届けできることになりました！

大変だった……。

ですが、その苦労に見合った作品になったんじゃないかと思います。

ぜひ、放映をご覧くださいませ。

ここからはお礼を。

毎度おなじみ輝竜司先生。

今回も美麗なイラストをいただきました！

みんな大好き水着です！　拝め！

漫画を手掛けてくれているかかし先生。

アニメの主人公は原作の輝竜先生のものとかかし先生のものを足して二で割った感じをイメージしてデザインされているそうです。

つまりお二人の合作みたいなもんですね！

スピンオフのグラタン鳥先生。

アニメで並列意思が出てくるのは先のことになりますが、グラタン鳥先生の軽快なノリが再現できていると思うのでお楽しみに。

そしてアニメ制作にかかわってくださった皆様。

アニメ制作にはたくさんの方々がかかわってくださっているので、お一人お一人の名前をあげることはできませんが、すべての方々に感謝です！

そして最後にこの本を手に取ってくださった全ての方々。

本当にありがとうございます。

ショートストーリー初出

吾輩は蛙である ―― 1巻メロンブックス特典
世界が認めた糸 ―― 3巻ゲーマーズ特典
糸と冒険者 ―― 1巻アニメイト特典
かえる ―― 3巻とらのあな特典
召喚とか憧れるけど ―― 3巻メロンブックス特典
中層最悪の敵 ―― 2巻とらのあな特典
中層探索記 ―― 2巻メロンブックス特典
蜘蛛ってなんだっけ? ―― 4巻メロンブックス特典
蜘蛛 VS 蝉 ―― カドカワBOOKS3周年フェア
糸食ってる ―― 5巻とらのあな特典
身体能力検証 ―― 6巻メロンブックス特典
ブレス ―― 6巻アニメイト特典
味覚 ―― 6巻ゲーマーズ特典
ピンクの虎 ―― 1巻とらのあな特典
苦労性な公爵令嬢の過去と今 ―― 2巻アニメイト特典
懐かしい味 ―― 2巻ゲーマーズ特典

ラッキースケベ　――――　３巻アニメイト特典

ゴブリン　――――　小説３巻コミック１巻とらのあな合同購入特典

女子の必須スキル　――――　４巻とらのあな特典

断捨離　――――　８巻ゲーマーズ特典

神鎌　――――　８巻メロンブックス特典

歯磨き　――――　６巻とらのあな特典

キノコ狩り　――――　２０１７年新文芸フェア

買い食い　――――　８巻とらのあな特典

アエル　――――　７巻とらのあな特典

サエル　――――　７巻アニメイト特典

フィエル　――――　７巻メロンブックス特典

リエル　――――　７巻ゲーマーズ特典

ある日の魔族領　――――　本書書き下ろし

弟様応援隊　――――　９巻アニメイト特典

パンがなければお菓子を食べればいいじゃない　――――　９巻メロンブックス特典

人魔大戦　ダラド　――――　本書書き下ろし

山田をしのぶ会　――――　５巻アニメイト特典

腐女子会　――――　５巻ゲーマーズ特典

ある日のエルフの里の転生者たち　――――　本書書き下ろし

お便りはこちらまで

〒102－8177
カドカワBOOKS編集部　気付
馬場翁（様）宛
輝竜司（様）宛

カドカワBOOKS

蜘蛛ですが、なにか？Ex

2020年12月10日　初版発行

著者／馬場翁

発行者／青柳昌行

発行／株式会社KADOKAWA

〒102-8177
東京都千代田区富士見2-13-3
電話／0570-002-301（ナビダイヤル）

編集／カドカワBOOKS編集部

印刷所／旭印刷

製本所／本間製本

●お問い合わせ
https://www.kadokawa.co.jp/（「お問い合わせ」へお進みください）
※内容によっては、お答えできない場合があります。
※サポートは日本国内のみとさせていただきます。
※Japanese text only

Printed in Japan
ISBN 978-4-04-073564-1 C0093

新文芸宣言

かつて「知」と「美」は特権階級の所有物でした。

15世紀、グーテンベルクが発明した活版印刷技術は、特権階級から「知」と「美」を解放し、ルネサンスや宗教改革を導きました。市民革命や産業革命も、大衆に「知」と「美」が広まらなければ起こりえませんでした。人間は、本を読むことにより、自由と平等を獲得していったのです。

21世紀、インターネット技術により、第二の「知」と「美」の解放が起こりました。一部の選ばれた才能を持つ者だけが文章や絵、映像を発表できる時代は終わり、誰もがネット上で自己表現を出来る時代がやってきました。

UGC（ユーザージェネレイテッドコンテンツ）の波は、今世界を席巻しています。UGCから生まれた小説は、一般大衆からの批評を取り込みながら内容を充実させて行きます。受け手と送り手の情報の交換によって、UGCは量的な評価を獲得し、爆発的にその数を増やしているのです。

こうしたUGCから生まれた小説群を、私たちは「新文芸」と名付けました。

新文芸は、インターネットによる新しい「知」と「美」の形です。

2015年10月10日
井上伸一郎